KB220645

산을 등에 지고 가려 했네

고통받는 약자들의 친구, 철학자 손봉호 회고록
산을 등에 지고 가려 했네

초판 1쇄 펴낸날 2025년 3월 10일

지은이 손봉호
펴낸이 홍지연

편집 홍소연 김선아 김영은 차소영 조어진 서경민
디자인 이정화 박태연 박해연 정든해
마케팅 강점원 최은 신예은 김가영 김동휘
경영지원 정상희 배지수

펴낸곳 (주)우리학교
출판등록 제313-2009-26호(2009년 1월 5일)
제조국 대한민국
주소 04029 서울시 마포구 동교로12안길 8
전화 02-6012-6094
팩스 02-6012-6092
홈페이지 www.woorischool.co.kr
이메일 woorischool@naver.com

ISBN 979-11-6755-281-5 03810

* 책값은 뒤표지에 적혀 있습니다.
* 잘못된 책은 구입하신 곳에서 바꾸어 드립니다.

만든 사람들
편집 김선아 백상열
디자인 윤정우

산을 등에 지고 가려 했네

고통받는
약자들의 친구, 철학자
손봉호 회고록

일러두기

이 책의 표기는 국립국어원 표준국어대사전을 따랐습니다. 다만 네덜란드어의 경우 저자의 뜻에 따라 현지 발음을 존중하여 표기하였습니다.

머리말

우선 별 도움이 될 것 같지 않은 삶과 글로 독자들의 소중한 시간을 빼앗지 않을까 걱정됩니다. 회고록에 대해 관심이 없었는데《국민일보》가 강권해서「역경의 열매」라는 코너에 글을 30회 연재했더니 재미있다는 반응이 있었고, 이미 발표한 수필들 가운데 삶의 자취와 관계된 것들과 함께 '교육의봄' 홈페이지에 글을 연재했더니 역시 비슷한 반응이 있었습니다. 교훈이나 감동을 드리지 못하면 재미라도 제공할 수 있지 않을까 해서 이 책을 출판하게 되었습니다. 시골에서 자랐고 비교적 오래 살았으며 여러 곳을 방문한 경험담이 색다르게 들린 것 같습니다.

비록 실천하진 못하지만 영국 소설가 조지 엘리엇(George

Eliot)의 "서로의 삶을 좀 덜 어렵게 하는 것이 아니라면 우리가 무엇을 위해서 사는가?"가 제가 생각하는 삶의 의미이고, 그것이 예수님도 원하시는 것이라 믿습니다. 사람마다 형편과 관심이 다르기 때문에 예측할 수는 없으나, 이 책이 독자들의 삶을 덜 어렵게 하는 것을 넘어서 어떤 이익이라도 제공할 수 있다면 더 바랄 바가 없겠지요.

책 제목이 좀 건방진 것 같아 많이 망설였습니다. '산을 등에 지고 가려 했네'라는 제목은 '미국의 여성 작가' 세계유엔후원자연맹이 선정한 '올해의 후원 미술인'인 유명한 김원숙 재미 화가가 1995년에 저를 빗대어 '산을 옮기는 사람'이란 제목으로, 이 책 표지에 쓰인 그림을 그려 준 것에서 비롯되었습니다. 무거운 짐을 졌다는 것이 아니라 지려는 의도와 시도는 있었으며, 비록 제대로 실천하지는 못했지만 다른 사람들, 특히 약한 사람들의 짐을 조금이라도 가볍게 하는 것이 저의 삶의 목적이고 이상이라는 것을 말하고자 함입니다.

'교육의봄' 송인수 대표의 객관적이고 지혜로운 충고와 격려가 없었으면 이 책은 출판되지 않았을 수도 있습니다. 깊이 감사합니다. 꼼꼼한 교정과 함께 읽을 수 있는 책을 만들기 위해서 많이 노력하신 우리학교 출판사 김선아 편집자에게도 감사드립니다.

그동안 많은 책을 출간했으나 한 번도 내 책을 누구에게 헌정한 일이 없었습니다. 이제 처음으로 삶을 정리하는 이 책을, 오직 나와 자녀들을 위해서 일생을 보낸 아내 박성실에게 깊은 감사와 사랑으로 헌정합니다. 저의 삶 3분의 2는 그와 함께 이룩한 것입니다.

2025년 1월 14일

손봉호

차
례

제2부 가난한 나라의 유학생

제3부 시민과 함께하다

제4부 내가 받은 달란트

제1부 내 어린 시절에는

가짜 생일

내가 태어난 곳은 이원수 시인의 고향처럼 봄이 되면 "복숭아꽃 살구꽃 아기 진달래"가 흐드러지게 피는 경북 영일군(지금의 포항시 북구) 기계면 학야리다. 앞에는 어래산이 높이 솟아 있고 뒤쪽에도 낮지 않은 산들이 둘러서 있었는데, 그 사이로 흐르는 냇가를 따라 50여 채의 집이 옹기종기 늘어서 있었다. 고조부께서 최근 유네스코 세계 유산으로 등재된 양동 마을에 사시다가 학야리에 물이 좋다는 소문을 들으시고 이사하셨다 한다. 장수하셨다 해서 명예 통정대부가 되셨다 하니 이사하신 목적은 달성하신 것 같다. 학야(鶴野)란 시적인 이름에 걸맞게 외모로는 아담하고 평화로운 시골 마을이었다.

그러나 나에게 각인된 고향의 풍경화는 이원수 시인의 "꽃대궐"도, 학(鶴)이 한가롭게 노니는 들[野]도 아닌 가난, 배고픔, 아픔, 죽음으로 점철된 잿빛 세상이다. 나는 평생 동안 매년 한 번씩 그 어두운 풍경을 떠올려야 한다. 내 생일에 그 아픔이 숨겨져 있기 때문이다.

나는 1937년 5월 14일(음력)에 태어났지만 1938년 8월 18일(양력)에 출생 신고가 이뤄져 그날이 나의 공적 생일로 정착되었고 지금까지 그 가짜 생일을 그대로 지켜왔다. 수십 년간 거짓말하지 않기 운동을 해왔는데 팔십 평생 가짜 생일을 지키고 있으니 역설이 아닐 수 없다. 그 무렵에 태어난 아이들은 거의 절반이 한 돌 안에 죽었기 때문에 선친께서 1년을 기다리셨다가 그래도 죽지 않으니 출생 신고를 하신 것이다. 내 동생도 넷이나 돌 안에 죽었고, 그 죽음 하나하나가 어머니의 가슴에 멍이 되었으며 우리 가정에 어두운 그림자를 드리웠다. 비가 오는 어느 날, 오후반에 등교한 동생이 오전반에서 공부하던 나를 찾아와 "히야(형아), ○○가 죽었다."라고 알려줬을 때 어린 가슴에 차올랐던 슬픔을 지금도 생생하게 기억하고 있다. 너무 일찍 죽음의 아픔을 경험한 것이다.

일제 강점기에는 입도선매(立稻先賣)라 하여 벼 추수가 이뤄지기 전에 면소(면사무소) 직원이 논에 바로 와서 공출(供出)할 곡식 양을 결정하고 추수가 이뤄지면 즉시 빼앗아갔으니 주민들이 굶는 것은 당연했다. 어렸기 때문에 자주는 아니었지만 그래도 먹을 수밖에 없었던 소나무 껍질은 질기디질겼고 칡뿌리는 쓰기가 소태 같았다. 그런 굶주림은 일제 때뿐만 아니라 해방된 후 상당 기간에도 반복되었다. 거기다가 호열자(콜레라), 장질부사가 창궐하고 말라리아는 주기적으로 유행했다. 주린 데다 병에 걸려도 병원은커녕 약도 없어서 살아남는 것이 기적이었다. 보릿고개에는 쪽박을 들고 밥 얻으러 오는 여인들과 아이들이 없지 않았다. 모두들 부족했지만 아무도 빈손으로 돌려보내지는 않았다.

그런데 신기한 것은 모두가 그렇게 가난했는데도 도둑질하는 사람이 없었다는 점이다. 그 마을 어느 집에도 대문이나 자물쇠가 없었고 가을 들판에는 베어놓은 벼가 쌓여 있었지만 누구도 도둑맞았다는 소리는 들어보지 못했다. 특별히 정직하고 마음씨 좋은 사람들만 모여서도 아니고, "내가 남을 해코지하면 나도 당할 수 있다."라는 황금률을 알았기 때문도 아니었다. 그저 같은 마을에서 대대로 같이 어울려 살면서 자신들도 의식하지 못한 채 서로가 서로를 의지하는 한 가족이 되었기 때문일 것이다. 그래서 결혼 잔치에는 온 동네 사람들이 쌀 한 되라도 들고 가서 축하하고, 초상이 나면 모두가 가서

"아이고, 아이고!" 하는 상주와 함께 "어이, 어이!" 하고 곡(哭)했다.

사랑의 씨앗

초등학교 4학년 때, 어느 초여름 오후였다. 아침에 삿갓을 가지고 등교하지 않아서 나는 마침 내리는 보슬비를 그대로 맞으며 집으로 뛰어가고 있었다. 어깨에 비스듬히 묶어놓은 책보 속에서는 양철 필통의 연필과 양은 도시락 속 젓가락이 달가닥달가닥, 나의 뜀박질에 박자를 맞춰주었다.

탑골 앞들에 왔을 때 아기를 업고 가는 30대가량의 젊은 부인을 만났다. 그 더운 날씨에 아기를 푹 뒤집어씌운 것이나 허둥지둥 걷는 모습이 좀 이상했지만 그대로 지나쳐 뛰려 했다.

"학생 좀 보래이!" 그 부인이 불렀다.

"와요?" 나는 멈춰 서서 물었다.

"토성동이 어느 쪽이고?"

"저쪽이시더."

나는 토성동 쪽을 알려드렸다.

"아이고, 내가 정신이 없대이."

그 여자는 토성동 쪽과는 정반대 쪽으로 가고 있었고 흐느끼고 있었다.

나는 이상해서 물어보았다.

"무슨 일인교? 와 우시는교?"

그 부인은 기진한 듯, 젖은 흙에 그대로 주저앉았다. 그러고는 서러움을 억누르고 겨우 몇 마디 했다. 그는 우리 마을에서 약 20리쯤 떨어진 토성동에 사는데, 아기가 무슨 병인지 몹시 앓아 점, 굿 등 온갖 방법을 다 써도 낫지 않아서 그날 아침에 아기를 업고 거기서 40리나 떨어진 안강읍으로 떠났다고 했다. 그 근방에 병원이 있는 곳이 안강뿐이기 때문이었다.

그런데 시골에서 병원에 갈 정도면 대개 회복이 거의 불가능한 상태인 것이 그때의 상황이었다. 앓던 아기는 마침내 어머니의 등에서 죽고 말았다. 지금 그 부인은 죽은 아기를 등에 업고 정신을 놓아버린 채 토성동 반대쪽으로 가고 있었던 것이다.

나는 어린 마음에 불쌍한 생각보다 무서운 생각이 먼저 들어 "조심해 가이소!" 하고 인사한 뒤에 집으로 뛰어와 버렸다. 그리고 어머니께 길에서 생긴 일을 상세히 말씀드렸다.

그날은 계속해서 비가 내렸다. 밤새도록 내렸다. 나는 그 부인이 좀 불쌍하다고 생각했지만 곧 잠이 들어버렸다.

새벽이 다 되었을 때 나는 잠에서 깼다. 비는 아직도 뒷문 뒤에 서 있는 오동나무 잎을 두드리고 있었다. 그리고 그 빗소리 사이에 흐느껴 우는 소리가 들렸다. 어머니였다. 뒷문을 향해 앉으셔서 울고 계셨다.

"어매, 와 우노?" 나는 무슨 심상찮은 일이 일어났는지 겁이 나서 물었다. 그러나 어머니 대답은 간단했다. "그 여자가 불쌍해서야. 그 토성동 여자 말이다."

어머니도 그때까지 어린 아기를 셋이나 병으로 잃으셨다. 그때마다 우리 식구 모두가 울었지만 어머니의 슬픔은 말할 수가 없었다. 밤중에 일어나셔서 눈 덮인 아기 무덤으로 달려가신 일도 있었다. 그 때문에 더욱더 그 토성동 여인의 이야기가 남의 일같이 들리지 않았던 것이다.

그렇게 우시던 우리 어머니도 우리를 두시고 하나님 나라로 가셨다. 동생들이 묻힌 산과 토성동 가는 길이 보이는 고향 산기슭에 모셨다. 지금 그곳에도, 토성동 가는 길에도 비가 내리고 있을 것이다.

어머니의 눈물은 나에게 동정의 뜻을 가르쳐주었고 나의 마음 한구석에 사랑의 씨앗을 심어주었다. 비가 오면 나의 마음은 고향으로, 탑골 앞들로, 그리고 어머니께로 달려간다. 그것은 눈물에 젖은 마음이지만 순수하고 인간적인 마음이다.

못 싸움

내가 어렸을 때 자랐던 햇골의 풍경화는 '가난'이 그 제목이었다. 어른들의 모든 관심과 활동은 가족 입에 풀칠하는 것에 집중되었고 그 외의 모든 것은 다 포시라운 사치였다. 그때 먹은 소나무 껍질은 씹어도 씹어도 삼킬 수 없게 질겼고, 칡뿌리는 쓰기가 소태 같았다.

놀이는 에너지가 남아야 가능하므로 햇골 어른들에게는 먼 나라 이야기였다. 그러나 못 먹고 못 입어도 어린이들은 놀 수 밖에 없었다. 요한 하위징아(Johan Huizinga)는 그의 저서 『호모 루덴스(*Homo Ludens*)』(유희하는 인간)에서 놀 줄 모르는 소도 송아지 때는 괜히 이리저리 뛰면서 장난친다 했다. 행위 자체가 목적인 것이 놀이의 특성이다.

그때 햇골에는 아이들 놀이터도 없었고 가지고 놀 기구도 없었다. 조약돌로 하는 공기놀이, 개울가 모래톱만 있으면 할 수 있는 씨름, 의도하지 않게 가끔 벌어지는 소싸움 구경이 놀이의 전부였다. 흥분해서 함성을 지를 만한 경우는 거의 없었다.

그래서인지 여름이 되면 소 먹이러 가는 날이 기다려졌다. 7~8월에는 소가 할 일이 별로 없기 때문에 농가에서는 자유롭게 풀을 뜯어 먹도록 소들을 산에 풀어놓았는데, 소를 산에 몰고 가는 것은 그리 힘들지 않아 나 같은 열 살 전후의 머슴애들에게 맡겨졌다.

비가 오지 않는 날이면 영양가 없는 점심을 먹은 아이들이 마을 앞 개울가에 모이고 거기서 그날 소 먹이러 갈 장소가 결정되었다. 선택의 여지가 많지 않았기 때문에 시간이 그렇게 오래 걸리지는 않았다. 기껏해야 사구지미, 어래산, 골안, 황사골, 가마골 등 다섯 곳 정도인데 앞의 세 곳은 너무 멀어 특별한 이유가 없으면 꺼렸고 황사골은 마을과 너무 가까워 소들이 논밭의 곡식을 뜯어 먹을 수가 있어서 피했다. 대부분 그 중간 거리에 있는 가마골에 가는데 골짜기가 깊지 않고 산등성이가 넓은 데다 경사가 가파르지 않아서 소들이 풀 뜯기가 좋았다.

마을에서 떠나 반 시간 정도 걸려서 가마골에 도착하면 이까리(고삐)를 소의 목에 친친 감아 풀어지지 않게 잘 묶은 다음 소 엉덩이를 탁 친다. 그러면 소들은 마음대로 돌아다니며 풀을 뜯어 먹는다. 그러나 아이들은 그때부터 두어 시간 할 일이 별로 없다. 개울에서 가재를 잡아 구워 먹거나 감자 서리를 할 수는 있지만 불을 피울 수 없는 것이 문제였다. 성냥이 귀한 때라 집에서 가져올 수도 없고, 담배 피우기에는 너무 어려서 부싯돌을 가진 녀석도 없었다. 불을 일구는 유일한 방법은 구석기 시대 원시인들처럼 단단한 솔가지 둘을 서로 문지르는 것인데 아이들에게는 그렇게 할 기술도, 참을성도 부족했다. 그래서 쉽게 할 수 있는 것이 못 싸움이었다.

우선 키가 비슷한 놈들끼리 가위바위보로 두 팀을 만드는데 한 팀에 대개 서너 명이 끼게 된다. 그중 한 팀은 개울 위쪽에, 다른 팀은 2~3미터 아래쪽에 못을 막는다. 경기 내용은 아주 간단하다. 위쪽 못에 가득 채웠다가 갑자기 터뜨려서 내려간 물이 아래 못을 터뜨리면 위 못 팀이 이기고 아래 못이 터지지 않고 약 5초간 견디면 아래 못 팀이 이기는 것이다. 승리의 조건은 자명하다. 가능한 한 크고 튼튼하게 못을 만드는 것이다. 시작 신호가 내려지자마자 팀원들은 돌을 모으고 나뭇가지를 꺾고 연장이 없으니 손으로 흙을 파는 등, 정신없이 왔다 갔다 하면서 위 팀은 조금이라도 더 많은 물을 가두려고, 아래 팀은 조금이라도 더 크고 더 튼튼한 둑을 만들려고 씩씩거리며 땀을 뻘뻘 흘린다. 둑을 터뜨리는 것은 위 팀이 결정하기 때문에 아래 팀은 계속 위쪽을 살피면서 둑을 높인다.

그러다가 위 못에 물이 차서 둑이 더 이상 버틸 수 없을 때쯤 팀원들이 한꺼번에 달려들어 애써 쌓은 둑을 확 터뜨린다. 승부욕에 차서 둑을 가능한 한 크게 쌓기 때문에 수량이 엄청나다. 갇혔던 물이 홍수가 되어 콸콸 소리를 내면서 세차게 밑으로 내려가면 모두가 한목소리로 하나, 두울, 서이, 너이 하고 시간을 잰다. 긴장해서 하나, 두울을 세다가 결판이 나면 이긴 팀은 "와, 이겠다!" 하고 함성을 지르면서 펄쩍펄쩍 뛰고 진 팀은 "에이, 씨!" 하고 흙 묻은 손으로 이마에 땀을 닦는다.

그러나 흥분과 실망은 오래가지 못한다. 저 밑에서 "이눔의 자석들! 마카 직이뻬린다!(전부 죽여버린다!)" 어떤 아저씨의 성난 목소리가 가까이 올라오기 때문이다. 그 개울물로 천수답 논농사를 짓는 농부가 논에서 피를 뽑다가 갑자기 밀려오는 홍수로 벼가 몇 포기 물에 쓰러지고 흙에 묻히는 것을 본 것이다. 물론 그 아저씨에게 얻어맞으려고 기다리는 녀석은 한 놈도 없다. 모두 잽싸게 자기 망태와 낫을 찾아 들고는 삼십육계 줄행랑을 친다. 맞을 놈들은 다 사라지고 화가 잔뜩 난 아저씨를 맞는 것은 어지럽게 흩어져 있는 돌멩이, 나뭇가지와 터진

둑 사이로 졸졸 흐르는 맑은 개울물뿐. "이누무 자석들, 마카 어디 갔뿌랬노. 한 분만 더 그래봐라. 내가 다리몽둥이 확 분질러삐릴 낀까."

쓰러진 벼는 아깝지만 그래도 "자석들이 싸게 달라가서(빨리 도망쳐서)" 남의 집 아들 '직이삐리지' 않은 것이 다행이라 여기고 농부는 다시 피 뽑으러 내려간다. 비록 못 먹고 못 입어도 삼신할미께 빌고 또 빌어 겨우 얻은 불알 찬 놈들인데 '직이삐리면' 안 되지. 머슴애들은 뿔뿔이 헤어져서 소가 좋아하는 꼴(소먹이)을 잔뜩 베어 망태에 배가 터지도록 눌러 담고 길가로 메고 온다. 그때쯤 되면 소들도 슬근슬근 길 쪽으로 내려와서 망태를 짊어진 아이들은 자기 소 이까리를 풀고 동네 쪽으로 몰고 온다.

그러나 곧장 집으로 갈 녀석들이 아니다. 동네 가까운 미뽈(묘) 잔디밭에서 씨름 한판 벌이지 않고는 직성이 풀리지 않는다. 승부에 시간 가는 줄 모르고 씩씩거리다가 기다리던 어른들이 "아아들이 와 아즉 아 오노!(아이들이 왜 아직 안 오나!)" 하고 찾아나설 즈음 되어야 집에 들어간다. "일쯕 가믄 어매가 또 심부름시킬 낀가!"

상투가 가져온 절망과 이익

비록 가난했지만 나는 특혜를 받고 태어났다. 그 시대, 그 지역에 흔하지 않게 글을 읽고 쓸 수 있는 가정에 태어나고 자란 것이다. 할아버지와 아버지는 한문을, 어머니는 한글을 읽고 쓰실 수 있었는데 우리 마을에서는 유일했고 주위에도 드문 경우였다. 아버지는 우리 동네뿐만 아니라 이웃 동네까지 수많은 가정의 제문(祭文)을 맡아 지으셨고 어머니는 혼사를 치른 부인들의 사돈지를 모두 대필, 대독하셨다. 그 덕분에 가끔 감사 표시로 가져온 떡이나 한과를 먹는 특권을 누리기도 했다.

선친은 독자였는데 가히 천재라 할 만큼 뛰어난 지적 능력을 소유하셨다. 증조부로부터 기본적인 한문을 배우셨지만 그 후에는 독학으로 『소학(小學)』, 『대학(大學)』, 『주역(周易)』을 공부하셨고 한시(漢詩)도 쓰셨다. 어렸을 때 가끔 한문으로 된 『삼국지』를 큰 소리로 읽으시는 것을 듣곤 했다.

아버지께서 어렸을 때 우리 동네에서 2킬로미터 정도 거리에 있는 면사무소 소재지에 기계국민학교(지금의 기계초등학교)가 개교했다. 아버지는 세상이 달라졌다는 사실을 느끼시고 그 신식 학교에 가기를 간절히 원하셨다. 그러나 완고한 유학자였던 증조부가 극구 반대하셔서 다니지 못하셨다. 학교에 가려면 상투를 잘라야 하는데, 어떤 일이 있어도 그건 안 된다 하셨기 때문이다.

결국 세상은 바뀌었고 상투는 사라졌다. 그토록 원하셨던 신식 교육 받을 기회를 놓친 아버지의 실망은 클 수밖에 없었다. 만약 그때 학교에 다니시고 계속 신식 교육을 받으셨더라면 아버지는 꽤나 유명한 인사가 되셨을 것이다. 하고 싶은 공부를 못 하신 것이 한이 되어 아버지는 젊었을 때부터 술을 많이 드셨고 그 때문에 생긴 위장병은 온 식구의 걱정거리였으며 아버지를 평생 동안 괴롭혔다.

그것이 아버지에게는 큰 아픔이었지만 나와 동생들에게는 큰 복이 되었다. 가난했음에도 불구하고 나와 동생 재호는 그 동네에서 가장 먼저 중·고·대학에 진학할 수 있었고 여동생

태자와 차호도 고등학교 이상의 교육을 받을 수 있었는데, 모두 선친께서 이루지 못하신 꿈을 자식들이라도 이루도록 하신 덕분이었을 것이다. 그뿐 아니라 후에 내가 기독교로 개종했을 때 그 지역의 유학자로 알려지신 아버지께서 완강하게 반대하지 않으신 것도 상투 자르기를 허용하지 않은 유교의 고루함에 불만을 품고 계셨기 때문이었을 것이다. 당신은 종가 시제(時祭)에 제관으로도 기능하셨지만 내가 제사에 참석하지 않아도 별로 꾸짖지 않으셨다. 다만 "내가 죽은 뒤에는 너 마음대로 해라. 그러나 내가 살아 있을 동안에는 제사에 참석해라." 하고 딱 한 번 부탁하셨는데 그 말씀도 순종하지 못한 것은 두고두고 죄송할 따름이다.

나보다는 부모님과 더 많은 시간을 보낸 동생이 알려준 얘기인데, 할머니께서 시집오실 때 몸종을 하나 데리고 오셨다 한다. 그런데 아버지께서 그를 방면하셔서 할머니와 크게 다투셨다 한다. 시대가 변했다는 것을 느끼셨기 때문이었을 것이다. 어렸을 때 할머니께서 아무에게는 존대어를 쓰지 말라 하셨는데 그 이유는 말씀하시지 않았다. 나는 그 말씀도 순종하지 않았다.

아는 것이 힘이다

초등학교 1학년 때 해방이 되었다. 그 때 기계초등학교에는 한글을 아는 교사가 한 분도 없었다. 기독교인이었던 4학년 학생 하나가 모든 교사와 전교생을 모아 놓고 한글을 가르쳤다. 일제하에도 교회에서는 한글로 성경을 읽고 찬송가를 불렀기 때문에 전교에서 한글을 아는 사람은 그 학생 하나뿐이었다. 한글은 역시 배우기 쉬운 문자다. 얼마 안 가서 그렇게 배운 선생님들이 한글로 우리를 가르치기 시작한 것이다.

2학년 때가 아닌가 싶다. 담임 선생님이 표어 몇 개를 교실 벽에 써 붙였는데 그중 하나가 "아는 것이 힘이다!"였다. 후에 대학원에서 철학을 공부하면서 그것이 영국 철학자 프랜시스

베이컨(Francis Bacon)의 명구임을 알았다. 그러나 어렸을 때는 영국도, 베이컨도 몰랐고 다만 선생님들이 써 붙인 것은 모두 영원불변한 진리인 줄 알았다.

나는 태어날 때부터 몸이 튼튼하지 않았다. 큰 병은 없었지만 힘이 세지 못했다. 친구들과 씨름하면 늘 지기만 했다. 그래서 어린 마음에 품고 있던 소원이 힘이 좀 세지는 것이었다. 그때는 먹을 것이 흔치 않아 많이 먹지도 못했고, 운동을 하면 기운이 세진다는 것도 몰랐다. 그런 상황에서 "아는 것이 힘이다!"란 표어를 보자 '옳지. 바로 이거로구나!' 싶어 나는 쾌재를 불렀다. '공부를 열심히 해서 많이 알기만 하면 씨름에 이기는 것은 문제없겠구나.' 하고 생각한 것이다. 그때 우리 집 어느 식구도 나에게 공부 열심히 하라고 다그치지 않았다. 학교가 파하면 집에 빨리 와서 심부름하고 농사일 거들라는 말만 들었다. 그런데도 그날부터 나는 열심히 공부했다. 힘이 세져서 씨름에 한번 이겨보려고.

물론 나는 곧 실망하고 말았다. 공부할 것도 별로 없었지만 배운 것 아무리 달달 외우고 다 알아도 씨름에서 계속 지기만 했기 때문이다. 그리고 철이 좀 들어, 아는 힘은 씨름 이기는 힘과는 다르다는 것을 깨달으면서 공부에 대한 열심도 많이 식고 말았다. 그 뒤로 나는 그때만큼 의식적으로 열심히 공부한 적이 없다.

그러나 무슨 이유인지는 몰라도 힘에 대한 관심은 식지 않았다. 초등학교 때 벌써 영구 운동(perpetual motion)에 대해 공상한 적이 있다. 꼬아놓은 고무줄이 풀리는 힘으로 날아가는 글라이더의 프로펠러에 톱니바퀴를 하나 끼우면 고무줄이 풀리는 힘으로 고무줄이 감길 수 있다고 생각한 것이다. 고무줄이 감기면 프로펠러가 돌고 프로펠러가 돌면 고무줄이 감길 것이므로 그 글라이더는 영원히 날아갈 수 있는 것이다. 시골이고 옛날인 데다 도구도 물자도 없었으므로 그런 상상을 실험하는 것은 엄두도 내지 못했다. 그러나 에너지 불변의 법칙이나 마찰에 관한 기본적인 물리적 법칙을 전혀 몰랐기 때문에 상당 기간 그런 생각을 유지하였고 언젠가 돈을 벌면 그런 글라이더를 만들어 세상을 놀라게 할 꿈을 꾸었다.

가을에 벼알을 쪼아 먹는 참새를 쫓는 데 농부들이 사용한 방아식 공이도 나를 흥분시켰다. 디딜방아처럼 가운데 받침대가 있는 막대기 한쪽 끝에 물을 담을 수 있는 바가지나 깡통을 달고 다른 쪽 끝 밑에는 소리가 나는 빈 양철통을 놓아두는 장치인데, 위 논에 고인 물을 밑으로 흘려보내면서 그 물이 바가지에 떨어지게 하는 것이다. 바가지에 물이 가득 차면 무게 때문에 밑으로 기울게 되고 그러면 바가지에 담긴 물이 바깥으로 쏟아지므로 가벼워져서 다시 올라가게 된다. 그때 약간 무겁게 만든 막대 반대쪽 끝은 밑으로 떨어지면서 그 밑에 놓아둔 양철통을 치고, 그 소리에 참새들이 놀라 도망가는 것이다. 아무도 없는 들판에 정확한 주기로 쾅쾅 소리를 내는 그 장치가 너무 신기해서 나는 시간 가는 줄 모르고 지켜보곤 했다.

에너지에 대한 관심은 나이가 들어도 식지 않았다. 2017년 말에는 태양광 발전 시설을 증설했다. 13년 전에 거금 1300만 원을 들여 3킬로와트짜리 발전판을 지붕에 설치했는데, 그 뒤 정부 정책이 바뀌어 9킬로와트까지 허용되므로 6킬로와트짜리를 첨가한 것이다. 한 달에 500킬로와트 이상 발전하여 우리가 충분히 사용하고 2019년에 구입한 전기 자동차를 충전하는데도 한 달에 200킬로와트 이상 남는다. 한전에 보내 축전하고 있어 겨울 난방에도 큰 도움이 된다. 이때도 1300만 원이 들어갔는데 나에게는 큰돈이었다. 우리 부부가 죽을 때까지 전기료를 절약해도 2600만 원을 다 회수할 수는 없다. 경제적으로는 매우 어리석은 투자임이 분명하다. 반대하는 아내를 환경 오염을 줄이는 데 일조한다는 명분으로 설득했다. 그러나 그 명분 못지않게 힘에 대한 나의 관심과 호기심이 같이 작용한 것 같다.

햇볕이 잘 쪼이는 날이면 나는 시간 가는 줄도 잊고 거꾸로 돌아가는 전기 계량기를 쳐다보며 즐거워한다. 숫자에 별 관심이 없으면서도 언제 얼마나 전기가 발전되었는가를 기록하여 보관한다. 아내는 그것을 나의 장난감이라 부른다. 좀 비싸기는 하지만 팔십이 넘은 나이에 즐길 수 있는 장난감 하나 있는 것도 그리 나쁘지 않은 것 같다. 거기다가 인류의 건강을 위해 환경 오염을 방지한다는 명분도 있으니…….

옛날 옛적 기계초등학교 시절에는

새로운 세상의 전초 기지

일제 강점기에도 그랬지만 해방이 된 이후에도 상당 기간 학교 선생님들은 모두 남자였다. 물론 면사무소, (경찰) 지서, 금융조합 등 다른 기관들도 마찬가지였다. 그런데 5학년쯤 되었을 때 젊은 여자 선생님 한 분이 부임했다. 그 소식은 학생들을 통해서 기계면 곳곳에 알려졌고, "세상에, 여자가 어예(어떻게) 선생이 다 되노!" 하고 면민들이 혀를 찼다.

그런데 어느 날 그 여자 선생님이 바지를 입고 학교에 출근했다. 역시 눈이 휘둥그레진 학생들을 통해 면 전체에 알려졌고 여기저기서 "세상이 어예 될라 카노!(어떻게 되려 하나!)" 하는 소리가 들렸다. 면민들의 걱정이 태산 같았다.

기계 지역의 유일한 교육 기관이었으니 날로 변하고 발전하는 세상이 거기서 제일 먼저 그 모습을 드러낸 것은 당연했다. 기계초등학교는 기계면에서는 첨단을 걷고 있었다.

1+1=14?

나는 3학년 때까지 반에서 계속 꼴찌였다. 다른 과목은 그럭저럭 잘했는데 산수(그때는 수학을 '산수' 혹은 '셈본'이라 했다) 시험에서 항상 0점을 받았기 때문이다. 부모님은 학교와 서당을 잘 구별하시지 못해서 모심기, 타작 등 집에 바쁜 일이 있으면 학교에 가지 말고 일을 거들라고 하시거나, 오전반에 갔다가 일찍 집으로 오라 하셨고 나도 결석을 밥 먹듯 많이 했다.

더하기(+), 빼기(−), 등호(=) 등 수학 기호를 배우는 날에도 결석했던 것 같다. 그래서 그 기호들이 무엇을 뜻하는지 전혀 몰랐다. 그런데 집에서 할아버지로부터 한문을 좀 배웠기 때문에 나는 +는 열 십 자(十), −는 한 일 자(一), 그리고 =은 두 이 자(二)로 이해했다. 그래서 나에게는 1+1=14가 되고 10−9=22가 되었다. 수학 시험 때마다 그런 식으로 답을 썼으니 0점을 받을 수밖에.

계속 0점을 받으면서도 왜 틀렸는지를 알아보려 하지도 않았고, 선생님도 알려주려 하지 않았다. 그때는 우리 교육 상황이 그 정도였다.

어쨌든 4학년 때 우연히 수학 기호들의 뜻을 제대로 알고 시험에 정답을 썼더니 반에서 1등을 차지했다. 꼴찌만 하던 녀석이 1등이 되니까 친구들이 "니 선생님 와이로 미겠제?(뇌물 먹였지?)" 했다.

산수책까지 통독하다

해방이 되고 몇 년이 지나도 읽을 책이 없었다. 어느 날 학생 하나가 만화책 한 권을 학교에 가져왔는데 삽시간에 전교생이 돌려가며 읽었다. 읽을거리, 들을 기회가 너무 없으니까 중요한 행사 때 면장이나 교장 선생님이 연설을 하면 무슨 뜻인지 몰라도 숨을 죽여 들었고, 그런 청중에게 말을 계속하지 못하는 것이 미안해서 끝에는 항상 "간단하나마, 이것으로 마치겠습니다." 했다. 모두 "너무 간단하다. 좀 더 말씀하시지!" 하고 원망했다.

그런데 언젠가 교과서가 처음으로 배급되었다. 얼마나 반가웠는지, 그날 밤에 모든 교과서를 첫 페이지부터 마지막 장까지 다 읽어버렸다. 산수책에 나온 문제들까지 빼지 않고 다 읽었다.

지금의 후배 재학생들도 그렇게 했으면 좋겠다.

박세영 선생님

초등학교 6학년 말 중학교 입학시험 원서를 제출할 때였다. 내가 태어나고 어린 시절을 보낸 햇골 마을은 그때까지 중학생이라고는 한 사람도 배출하지 못했기 때문에, 내가 처음으로 하얀 테가 둘린 중학생 모자를 쓰게 될 것이라는 기대와 흥분으로 가슴이 부풀어 있었다. 거기다가 입학 원서에는 지원생의 도장이 찍혀야 했는데 일생 처음으로 내 이름이 새겨진 도장을 갖게 된다는 사실은 흥분의 도를 더하게 했다.

그런데 불행하게도 도장을 새겨야 할 그때쯤 아버지께서 볼일이 있어 며칠간 출타하시게 되었다. 당시 시골에는 도장방 같은 것이 없었다. 대개 몇십 리 밖에 있는 안강읍이나 포항읍에 가서 도장을 새겨왔다. 우리 아버지처럼 손재주가 좋은 분들은 박 조각에 이름을 새기기도 했다. 아버지께서는 이번에도 그렇게 해주마 약속하셨는데 그만 잊어버리시고 여행을 떠나신 것이었다.

그렇다고 어머니가 나서서 도장을 준비할 수도 없었다. 그때만 해도 어머니는 양반집 젊은 며느리로 시장에도 가실 수 없던 시절이었다. 외가에 가실 때도 너울을 쓰고 다른 사람 얼굴 하나 쳐다보지 못했던 때였다.

하는 수 없이 나는 눈물을 질질 흘리면서 담임 선생님께 사정을 말씀드렸다. 내 이야기를 들으시고 딱해하시더니 박세영 선생님은 너무 걱정 말라 하셨다. 그러고는 쉬는 시간마다, 방과 후까지 선생님은 창가 책상 앞에 구부리고 앉으셔서 무엇인가 열심히 하셨다. 그리고 이튿날 오후에 선생님은 내 이름이 새겨진 목도장 하나를 나에게 주셨다. 쓰지 않는 낡은 도장 윗부분을 깎아버리고 내 이름을, 그것도 한글로가 아니라 획수가 서른이나 되는 한자로 된 내 이름을 뒤집어 고 좁은 공간에 새겨 넣으신 것이다. 연필 깎는 데 쓰는 칼로 이틀 동안이나 애를 쓰셨다.

그 후 몇 주 안 가서 우리는 졸업식을 가졌고, 6년간이나 정든 학교와 선생님들을 떠나야 할 때가 되었다. 40여 명의 우리

죽(竹)반 학생들은 박세영 선생님과 작별 인사를 하려고 교문 앞에 줄을 서서 기다렸다. 그러나 선생님이 도무지 나오시지 않았다. 반장이 교무실에 가보니 선생님은 책상에 엎드려 울고 계셨다. 사랑스러운 제자들과 헤어지기가 너무나 섭섭하셨기 때문이었다. 하는 수 없이 나오시더니 흐느끼시면서 우리의 손을 하나하나 잡으시며 전송해 주셨고 우리들은 남학생 여학생 할 것 없이 소리 내어 울어버렸다.

나는 박세영 선생님이 새겨주신 목도장으로 고등학교, 대학교, 대학원 입학 원서에 날인했고, 유학 가는 데 필요한 모든 서류에도 그 도장을 사용했다. 그리고 혹시 잃을세라 고급 만년필 케이스를 구해 그 속에 넣어서 유학 갈 때도 가지고 갔다. 그런데 10여 년 동안의 외국 생활 중 여러 번 이사를 하면서 그만 그 소중한 목도장을 잃어버리고 말았다. 기념품 같은 것에 별 관심이 없지만 그 도장을 잃은 것은 두고두고 아쉽다. 글자가 비틀어졌고 고르지 못한 서툰 솜씨의 작품이지만 나에겐 어느 상아 도장과도 바꿀 수 없이 귀중한 것이었는데…….

그러나 그 도장은 내 마음에 분명하게, 산뜻하게 찍혀 있다. 지금도 그 비틀어진 글자가 내 눈앞에 선명하게 보인다. 그와 함께 자그만 키와 못났으나 인자하기 그지없는 박세영 선생님의 얼굴이 선하게 나타난다. 그 도장과 그 얼굴은 나에게 정든 마을의 풍경과 함께 마음의 고향을 제공한다. 그 때문에 10여 년간 외국으로 돌아다니면서 한 번도 외국에 정착하겠다는 생각을 하지 않았는지도 모른다. 그리고 그보다 더 중요하게, 그 때문에 나는 아직도 선함과 아름다움과 참이 가능하다고 믿고 그런 가치를 찾으려 애를 쓰는지도 모른다. 이익을 따지지 않는 사랑과 희생을 내 눈으로 직접 보았고 그 수혜자가 되어보았기 때문이다.

나도 교육계에 종사하게 되어 수많은 제자를 접했다. 그 하나하나는 성경의 말씀대로 천하와도 바꿀 수 없는 소중한 사람들이다. 그들 하나하나를 위하여 그들의 도장을 새겨줄 수 있는 관심과 노력을 기울일 수 있으면 얼마나 좋을까 하는 생각이 든다. 그래서 그들 가슴에 모두 마음의 고향과 아름다움과 참의 확신을 심어주었으면 참 좋겠다.

그러나 나도 모르게, 그리고 싫어하는데도 불구하고 어느새 현대의 비인격적인 사회의 일부에 흡수되어 있음을 스스로 발견한다. 너무 많은 숫자, 너무 많은 일에 짜증이 나고 너무 심한 경쟁에 마음이 조급해진다. 그래서 희생은 계산이 되고 한계가 설정된다. 마음 놓고 희생하고 사랑할 수 있는 그 풍성함이 생활 주변에서 사라져감을 느낀다. '이래서는 안 되는데.' '안 되는데.' 하는 동안 시간만 흘러가 버린다.

그러나 '이래서는 안 되는데.'를 느낄 수 있는 것도 박세영 선생님의 덕일 거다. 그런 선생님을 모실 수 있었던 나는 참으로 복 받은 사람이다.

아이고, 내 팔자야

신문이나 TV에서 박근혜 대통령에 대한 기사를 보면 옛날 사건 하나가 떠오른다.

내가 자랐던 햇골은 초등학교, 신문 보급소, 우체국 등이 몰려 있는 면 소재지에서 한 5리쯤 떨어져 있는 두메산골이다. 내가 초등학교에 다녔을 때는 햇골에서 신문을 보는 집이 우리뿐이었기 때문에 한 집을 위해서 신문을 따로 배달해 주지 않았다. 그래서 매일 학교가 파하면 내가 보급소에 들러 신문을 받아 왔다. 집에서 한문을 좀 배웠으므로 오는 길에 나는 신문을 읽곤 했다.

초등학교 3학년 때 어느 봄날이었던 것 같다. 그날도 신문을 받아 왔는데 상공부 장관을 지냈던 임영신 여사가 부통령 후보로 출마했다는 내용이 1면 머리기사로 실려 있었다. 집에 도착하자 어머니는 들에서 혼자 일하는 머슴에게 새참을 갖다주라 하셨다. 머슴은 갖다준 술을 혼자 마시면서 아무 말도 하지 않기에 나는 좀 멋쩍어서 "신문에 보이 임영신이란 여자가 부통령 할라고 나왔데예!" 했다. 무심코 한마디 했는데 그 말을 듣자마자 머슴은 "아이고, 내 팔자야!" 하면서 논바닥에 벌렁 누워버렸다. 열 살짜리 코흘리개에게 신세타령해 봤자 알아듣지도 못할 것 같았는지 더 이상 아무 말도 하지 않았다.

그의 그런 반응은 나를 적이 놀라게 했고, 그 때문인지 지금도 잊히지 않는다. 집에 가서 어머니께 그 이야기를 했더니 어머니는 그저 웃으시기만 했다. 내가 그의 그 기이한 행동을 어느 정도 이해하게 된 것은 한참 뒤 철이 좀 들고 세상 물정과 인간의 약점을 조금 알고 난 뒤였다.

사실 그 청년은 남의 집 머슴이 되기에는 아까운 사람이었다. 행동거지가 무례하거나 촌스럽지 않았고 말수가 적었던 것을 보면 속도 깊었던 것 같다. 잘은 모르지만 아마 어느 교양 있는 양반집 둘째 아들이었지 않나 싶다. 키도 크고 얼굴도 잘생겼으며 피부도 눈에 띄게 희고 맑았다. 우리 지방 사투리로 '훠대(허우대)'가 훤했다. 요즘 태어났더라면 영화배우나 적어도 광고 모델이 되기에 충분한 미남으로 꽤 큰 돈을 벌 수 있었을 것 같다. 그러나 시대를 잘못 타고 태어난 것이 문제였다. 그의 집은 너무 가난했다. 아무리 교양 있고 자존심이 강해도 가난은 어쩔 수 없었다. 학교에도 못 가고 농사지을 땅도 없으니 할 수 있었던 것이라고 해봐야 남의 집 머슴이 되어 입에 풀칠이라도 하는 것이었다.

하지만 그에게는 남모르는 자존심이 있었던 것 같다. 양반이란 사실, 잘생겼다는 사실은 적어도 그때는 그에게 아무 도움도 주지 못했음을 그는 실감했을 것이고, 따라서 그것이 그에게 긍지를 갖게 하지는 못했을 것 같다. 그러나 그 시대 우리 사회에서 남자란 사실은 아직도 상당한 자부심을 갖게 했을 것 같다. 아무리 가난하고 남의 집 머슴살이를 해도 세상의 절반은 자기보다 못하다는 사실이 그에게 큰 위로가 되었을 것이다. 아마도 자신이 사내란 사실이 그가 가진 유일한 자존심이었을지도 모른다.

그런데 임영신이란 여자가 부통령으로 출마한다는 사실이 그가 의지하던 최후의 보루를 무너뜨린 것이다. 심지어 여자조차 부통령으로 출마하는데 자기는 남자인데도 겨우 남의 집 머슴 노릇이나 하고 있으니, "이놈의 팔자가 어째 이 모양인가?" 기가 막힌 것이다. 그는 다음 해 우리 집에서 나갔고, 그 뒤에 어떻게 되었는지 전혀 알지 못한다.

지금 생각하면 우리 집 머슴은 그래도 좋은 시대에 남자로 산 것 같다. 이미 고인이 되었겠지만 그가 지금 살아 있었다면 아마 열 번도 더 논바닥에 드러누웠을 것이다. 여자가 부통령 후보가 아니라 대통령까지 되었으니 말이다. 어디 그뿐인가? 사회의 많은 분야에서 여성들이 앞서고 있다. 남자들이 게임하고 술 먹는 동안 여자들은 공부하고 연습해서인지 거의 모든 시험에서 여자들의 성적이 우수하다고 한다. 그래서 모두가 원하는 자리는 거의 다 여자들이 차지하고, 남은 부스러기는 남자들이 주워 먹는다. 법정에 가보니 판사도 여자, 검사도 여자, 변호사도 여잔데 피고인만 남자더라는 우스갯소리도 있다.

지금은 인적 자원이 모든 자원 가운데 가장 중요하다 한다. 그런데 만약 인구의 50퍼센트만 동원된다면 100퍼센트를 다 동원하는 사회와 어떻게 경쟁할 수 있겠는가? 그런데 우리나라에서는 이제까지 눌리고 묻혀 있던 50퍼센트, 그것도 잘난 척했던 50퍼센트보다 더 우수한 인력이 기지개를 켜고 있으니 한국이 강국이 되는 것은 거의 확실하다.

이젠 가정에서도 아내 눈치 잘못 보는 남편은 조만간 홈리스가 될 확률이 높다. 나는 그래도 우리 머슴과 시기적으로 상당 부분 겹쳐 살았기 때문에 쉽게 쫓겨날 것 같지는 않다. 행운이라 할 수 있다. 우리 집 식구는 모두 일곱인데 다행히도 남자는 둘뿐이다. 희소가치가 있어서 그런지 구박도 많이 받지 않는다. 손자가 없고 손녀만 둘인 것도 큰 위로가 된다. 아무래도 걔들이 실업자가 될 가능성은 낮고, 좋은 자리를 차지할 확률은 높기 때문이다.

빨치산과 보도연맹

배고픔과 질병 다음으로 나의 어린 시절을 어둡게 했던 것은 공산주의란 이념이었다. 물론 나는 그때 공산주의가 무엇인지, 그것이 왜 나쁜지 전혀 몰랐다. 나뿐 아니라 마을 주민 대부분도 마찬가지였을 것이다. 그런데도 그 깊은 산골에 공산주의 이념에 매료된 사람들이 더러 있었던 것 같다. 걸핏하면 빨치산들이 한밤중에 마을에 들이닥쳤다. 우리 동네에는 악독한 지주나 부자가 없었기 때문인지 다행히도 어느 누구에게도 해를 끼치거나 집에 불을 지르지는 않았다. 그러나 가뜩이나 부족했던 식량과 생필품은 많이 빼앗아갔다. 동네에서 유일하게 우리 아버지만 신문을 구독하셨는데, 그 때문에 주목을 했는지 그들은 동네에 내려올 때마다 예외 없이 우리 집에 와서 아버지를 찾았다. 다행히도 빨치산 들 가운데 아버지를 아는 사람이 있어서 그들이 급습할 때마다 미리 귀띔해 준 덕에 아버지는 다른 집으로 피신하실 수 있었다. 파출소가 2킬로미터 정도 거리에 있었기 때문에 그들이 아버지를 찾아 온 동네를 뒤질 정도로 시간을 끌지는 못했고 아버지가 그만큼 그들에게 중요한 인물도 아니었던 것 같다. 그러나 우리 식구들은 매번 공포에 떨었다.

빨치산이 지나간 다음 날에는 반드시 순경이 찾아왔다. 왜 그놈들에게 식량을 주었느냐고 다그쳤지만 어쩔 수 없이 빼앗겼다는 것을 알기 때문에 아무도 파출소로 잡아가진 않았다. 아버지께서 피신하신 것도 빨치산이 무서워서가 아니라 오해를 받고 파출소에서 시달리지 않기 위함이 아니었던가 한다. 어쨌든 무고한 양민은 이래저래 힘들기만 했다.

빨치산 가운데 상당수는 잡히거나 전향했는데, 나중에 안 일이지만 전향한 사람들은 보도연맹이란 단체에 소속되었다. 6·25 전쟁이 일어나자 그들이 다시 좌익으로 전향해 북한군을 도울까 염려하여 남한 정부는 그들을 제거하기로 한 것 같다. 상세한 곡절은 잘 모르지만 어떤 재판 과정도 거치지 않고 보도연맹 사람들을 군인들이 총살하는 장면을 우리 눈으로 직접 보았다. 다녔던 초등학교 운동장에서 총살하려는 것을 교장 선생님이 애걸해서 학교 바로 앞 논둑으로 옮겨 집행했는데 전교생이 창문을 통해 보았다. 평생 처음, 그것도 초등학교 5학년 때 총으로 사람을 직접 죽이는 장면을 보게 되었으니 얼마나 끔찍한가? 80년이 지났는데도 그 장면이 눈에 선하다. 친구의 아버지 한 분도 그 시대에는 좀 개명된 분이었는데 보도연맹에 소속되었다가 총살당했다.

돌이켜보면 이념 때문에 우리만큼 숱한 고통을 겪은 국민도 많지 않은 것 같다. 이념 갈등이 다시 심해진 오늘날, 성숙한 시민들은 이념에 사로잡히는 것이 얼마나 위험한가를 다시 한 번 심각하게 반성하고 특별히 조심할 필요가 있지 않나 한다.

우리 집이 폭격을 당했다

1950년 6·25 전쟁이 시작된 지 얼마 되지 않아서 피란 갈 겨를도 없이 인민군이 우리 마을에 들이닥쳤다. 연합군의 저항으로 인민군은 그 이상 진격하지 못했고 상당 기간 동네 앞 어래산이 최전방 전선으로 남아 있었다. 환심을 사기 위해서인지 인민군은 주민들에게 매우 친절해서 우리가 처음에 가졌던 두려움은 시간이 갈수록 수그러들었다. 주민들의 진짜 공포는 오히려 연합군이 산 너머에서 쏘아대는 대포, 비행기가 가하는 기관포 사격과 폭격이었다. 아무도 어디로 어떻게 피해야 할지를 몰라, 온 가족이 뿔뿔이 흩어져 그 나름대로 안전하다 판단하는 지역에 가서 종일 숨어 지냈다. 그때 우리가 얻었던 유일한 정보는, 대포알은 한 번 떨어진 자리에는 다시 떨어지지 않으므로 그 자리가 가장 안전하다는 것과 비행기가 폭격할 때는 비행기가 날아가는 방향의 정반대 쪽으로 뛰어야 한다는 것이었다. 비행기가 떨어뜨린 폭탄은 얼마 동안 비행기와 같은 방향으로 따라가기 때문이다. 나와 남동생이 선호했던 곳은 하늘을 가릴 정도로 윗부분이 튀어나온 큰 바위 밑이었다. 가장 무서웠던 것이 비행기가 쏘는 기관포였기 때문이다.

어느 날 연합군 비행기가 처음으로 마을을 폭격했다. 들판을 걷고 있는데 비행기 한 대가 낮게 날아오며 새까만 폭탄을 떨어뜨렸다. 떨어지는 폭탄을 쳐다보면서 나는 비행기와는 정반대 방향으로 힘껏 뛰어가서 가까운 언덕 밑에 웅크리고 앉아 있었다. 얼마 후 비행기가 사라져 집으로 갔더니 우리 집 안채가 불타고 있었다. 동네에서 우리 집이 최초로 폭격을 당한 것이었다. 할아버지를 비롯해 식구들과 마을 사람들이 나와서 불을 끄고 있었는데 어머니의 모습이 보이지 않았다. 누군가가 내가 폭탄을 맞았다고 어머니께 잘못 말해서 어머니가 불타는 집을 그대로 두고 나를 찾으러 정신없이 뛰어다니신 것이다. 얼마 후에 살아 있는 나를 발견하시고는 끌어안고 많이 우셨다.

그 지역에 전투가 계속되자 더 버틸 수가 없어서 우리는 길도 없는 산을 넘어 북쪽으로 피란할 수밖에 없었고 한번은 양쪽 군인들이 서로 총을 쏘아대는데 그 사이로 허리를 굽히고 뛰기도 했다. 전선이 북쪽으로 물러가자 동네로 다시 돌아왔는데, 폭격이나 대포로 죽은 사람보다 인민군이 묻어놓은 지뢰를 밟아 죽은 사람이 더 많았다. 나의 친구 하나도 원칙적으로 사용되지 말아야 할 네이팜 폭탄에 희생되었다. 다시 개학한 학교로 가는 길가에는 온갖 종류의 총, 총알, 수류탄 등이 무수히 깔려 있었고, 제대로 처리하지 못한 적군과 아군의 시신들이 도처에서 썩고 있었다. 그리고 불에 탄 우리 집 안채는 그 뒤 다시 짓지 못한 채 경주로 이사 갈 때까지 온 식구가 좁은 방 두 개밖에 없는 사랑채에서 살았다.

전쟁은 야만적이고 사람을 비참하게 만든다. "평화를 위한 마지막 전쟁"이란 말은 전장 바깥에서나 읊조릴 수 있는 사치스러운 소리에 불과하다. 어쩔 수 없이 당한 일이지만 가능한 한 일어나지 않았으면 좋겠다. 정말 끔찍했다.

계림에서 시작한 중학교 공부

전시 상황이라 1951년 중학교 입학시험이 국가 주관하에 전국에서 같은 문제로 치러졌는데 나는 우리 학교에서 1등, 영일군에서 2등이란 좋은 성적을 얻어 평생 처음으로 아버지의 칭찬을 들었다. 경북중학교에 갈까 하다가 고향에서 가까운 경주중학교에 지원해 4등으로 합격했다.

그때 경주중고등학교 건물은 육군 병원으로 수용되었기 때문에 합격자 발표나 입학식뿐만 아니라 모든 수업이 계림(鷄林)에서 이뤄졌다. 계림은 신라 초기부터 있었던 유서 깊은 숲으로 많은 전설이 얽힌 유명한 장소였으나 중학교 교실로는 전혀 적합하지 않았다. 돌멩이를 하나씩 깔고 앉아서 무릎 위에 책을 얹고 공부를 했으니 불편한 것은 고사하고 여러 학급이 여기저기서 서로 가까이 수업을 한 터라 제대로 집중이 될 리가 없었다. 거기다가 비가 오면 집으로 갈 수밖에 없었는데 학생들은 좋아했으나 별로 싸지 않은 등록금은 제값을 하지 못했다.

그해에는 전쟁의 혼란으로 봄이 아닌 가을에 입학했는데 얼마 되지 않아서 겨울이 왔고, 날씨가 추워 숲에서의 수업이 어려워졌다. 전교생이 서천을 넘어서 그래도 지붕과 벽이 있는 서악서원이란 곳으로 옮겨갔는데 내가 속했던 1학년 D반은 C반과 함께 서원 2층 마루를 교실로 썼다.

2학년이 되자 겨우 가교사가 마련되어 입학 후 처음으로 지붕과 벽 외에도 창문이 있는 교실과 책걸상을 갖게 되었다. 그러나 마루에는 아직도 자갈이 깔려 있었고 난로 같은 사치는 생각도 할 수 없었다. 겨울에는 얼마나 추웠는지 어느 아침 첫 시간에 교실에 들어오신 물리 선생님이 "어가 어어서 마도 모아거다(혀가 얼어서 말도 못 하겠다)." 하셔서 오돌오돌 떨면서도 모두 같이 웃었다.

그러나 나라가 전쟁 중이라 온 국민이 고생하는 상황이었으니 그 정도의 어려움에 대해서는 어느 학생이나 선생님도 원망하거나 불평하지 않았다. 공부를 할 수 있었던 것만으로도 감사했다.

신라 고도에서 배운 영어

몇 년 전《타임》지 도쿄 지사 라인골드 씨와 전화 인터뷰를 한 일이 있다. 어느 책에 영어로 쓴 나의 글을《타임》지 기사에 인용하기 위해 내 생각을 좀 더 알아보려고 한 것이다. 10여 분간의 국제 전화 끝에 그는 "그 글의 영어 문장이 아주 훌륭했습니다." 하고 칭찬해 주었다.

근 50년간 세상에 살면서 다른 사람의 칭찬에 우쭐해진다는 것이 얼마나 어리석은 일인지는 어느 정도 충분히 체득했지만, 그래도 라인골드의 칭찬에는 기분이 그리 나쁘지 않았다.《타임》지가 문장에 관심을 많이 쓴다는 이야기도 들었거니와, 그보다도 나 같은 시골뜨기가 신라 고도에서 영어를 배워《타임》지 기자로부터 영어 문장을 괜찮게 쓴다는 말을 들었으니 감회가 좀 다를 수밖에.

내가 꼬부랑 글자라고 들어오던 영어를 처음 배운 것은 말할 것도 없이 경주중학교 때였으나, 그 장소는 계림 숲이었다. 1951년 내가 입학하던 때에는 학교 건물이 모두 육군 병원으로 수용되어 면접, 입학식, 수업이 모두 계림에서 이루어졌다. 비가 오면 자동으로 수업이 중단되고, 아침에 비가 오면 아예 휴일이었던 때에 돌멩이를 깔고 앉아 ABC를 배우기 시작한 것이다. 그러지 않아도 그때 경주 출신 녀석들이 나의 기계식 발음을 놀려대고 있었는데(경주가 뭐 대단한 도시라고! 그 당시 경주는 아직 읍이었다) 영어까지 배우게 되었으니, 그야말로 현기증 나는 발전이 아닐 수 없었다. 사실 면접(그해의 중학교 입학시험 필답고사는 전국적으로 한꺼번에 시행된 연합고사였고, 각 학교에서는 면접시험과 신체검사만 치렀다)을 위해서 경주에 올 때 평생 처음으로 기차란 걸 타보았고, 경주에서 첫 저녁은 하숙방 천장에 달려 있는 전구 쳐다보는 데 대부분 보냈다. 그렇게 가까이서 전등을 보는 것이 처음이었기 때문이었다. 그런 촌뜨기에게 영어는 도무지 어울리지 않았고, 앞뒤가 맞지 않는 괴상한 말 같았다.

배우는 둥 마는 둥 한 학기를 보내고 방학을 맞았다. 수업이 제대로 이루어지지 않았으니 배운 것도 별로 없고, 그래서 영어 선생님은 상당한 양의 숙제를 내주었다. 배우지도 않은 부분을 단어도 찾고 해석도 해오란 것이었다. 촌놈의 장점은 순진한 데 있는 터라, 나는 선생님의 말씀을 곧이곧대로 순종하였다. 고생을 죽도록 하면서, 숙제를 다 해가지고 새 학기에 등교했다.

새 학기 공부는 무열왕릉 옆에 있는 서악서원에서 이루어졌다. 우리 학급과 또 다른 학급, 두 학급이 누각 마루를 교실로 사용하였다. 사닥다리 같은 계단을 올라 마루에 난 구멍을 통해 교실에 들어가 책상도 걸상도 없는 마룻바닥에 앉아 북적대면서 공부했다. 어떤 과목은 교과서도 없어서 국어 시간에는 『시조백수(時調白首)』란 책을 사용하였는데, 그 덕으로 지금도 시조 수십 수는 거뜬히 외울 수 있다.

그때 우리에게 영어를 가르친 선생님은 피란해서 경주에 오신 아주 젊은 분이었는데 얼마 후 곧 떠나가셔서 지금은 성함도 기억나지 않는다. 그러나 그분은 나에게는 잊을 수 없는 선생님이다. 일생에 나를 그토록 공포에 떨게 한 분은 아직 만나보지 못했기 때문이다.

130여 명, 그것도 1학년 남자아이들이 좁은 공간에서 북적대는데 질서를 유지하는 것도 어려웠겠지만, 그 선생님은 공부 시간 거의 절반을 매질하는 데 사용했다. 학생들 바지를 내리게 하고 빗자루에서 빼낸 대나무 막대기로 볼기짝을 때렸는데 나같이 몸 약한 놈은 한 대 맞으면 죽을 것 같았다.

그러던 어느 날, 그 선생님은 방학 숙제를 점검하기 시작했는데 문제가 터졌다. 숙제해 온 놈이 별로 없었던 것이다. 해온 놈은 혼자서 해왔다고 하다가는 숙제 안 해온 녀석들이 벌을 더 받을 것이란 동료의식에 아무도 손을 들지 않았다. 나도 그 가운데 하나였다. 화가 잔뜩 난 선생님은 1번부터 차례차례로 볼기를 때리기 시작했다.

두 반 학생 열두엇을 대나무 장대가 깨질 정도로 때리고 나니까 힘에 부쳤는지 반장을 대표로 벌주겠다면서 반장 둘 일어서라고 했다. 눈앞이 캄캄해졌다. 1학년이라 담임 선생님이 지명해서 반장이 되었는데, 다른 것은 몰라도 그 영어 선생 매 맞는 데는 반장 자격을 전혀 갖추지 못했기 때문이다. 지금도 그렇지만, 그때도 매 맞는 것은 딱 질색이었다. 다리를 우들우들 떨면서 일어섰다. 선생님 발 앞에 엎드려 살려달라고 애걸복걸할 생각까지 났다.

그런데 다행히도, 매질하기 전에 한 번 더 물어보았다. 반장들은 숙제를 해왔느냐고. 만약 그때 해오지 않았다고 했다가는 살아서 서원 계단을 내려가지 못할 것 같았다. 그때는 동료의식이고 뭐고 아무것도 안중에 없었다. "해왔임더."라고 하지 않을 수 없었다. 그래서 선생님이 지적하신 부분을 읽기도 하고 해석도 하여 볼기를 온전하게 보존할 수 있었다.

그 후로는 영어 시간마다 몇 놈들 시켜서 대답하지 못하면, 반드시 내 차례가 되었다. 선생님은 나를 통해 조금의 위로라도 받으려 한 것 같았다. 그래서 그날 이후로 나는 다른 과목은 다 팽개치고 영어 공부에만 몰두했다. 좋은 성적을 얻는다거나, 칭찬을 받는다거나, 그런 사치스러운 목적은 안중에도 없었고 오직 그때 나의 어린 판단으로는 생명을 부지하는 것이 중요했다.

세상일이 되어가는 모습을 보면 역설도 있고 모순도 많다. 그렇게 공포에 떨면서 공부하다가 그 결과로 영어에 재미를 붙이게 되고, 그것이 나로 하여금 대학 영문과에 진학하게 한 것이 아닌가 한다. 중학교 3학년 때부터 영어 성경을 읽기 시작해서 고등학교 2학년 때 신·구약을 완독했고, 고2 때 독일어로 읽기 시작해서 대학 2학년 때 독어 성경도 완독하였다. 비록 문법 실력은 형편없어서 고등학교 3학년 때까지도 목적격 보어가 무엇인지 몰라 친구에게 물어본 일도 있지만, 그래도 대학 입시 영어 문제는 비교적 잘 푼 것 같다.

공포에 떨면서 배운 영어. 신라 고도 경주에서 맛들인 영어. 전혀 어울리지 않는 것 같지만, 그러나 결국 배우기를 잘했고,

그 덕으로 외국에서 유학하는 데 큰 어려움은 없었다. 별로 좋은 언어가 아닌데도 영어는 이제 영국이나 미국 사람들의 언어가 아니라 세계의 언어가 되고 말았다.

교회를 다니기 시작하다

나는 유교 가정에서 자랐고, 경주는 불교의 도시였으니 기독교에 대해서는 관심이 없었다. 그런데 중학교 2학년 때 어느 날 같은 학급 친구 신용도가 자기가 다니는 교회에 한번 가보자고 제안했다. 용도도 중학생이었으니 기독교가 무엇인지, 왜 교회에 가야 하는지를 설명하지 못했고, 그렇게 간곡하게 권하지도 않았다. 그저 '와보라!' 하는 식의 전도였다. 나도 별로 심각하게 생각하지 않고 그저 호기심으로 용도가 다녔던 경주읍교회(지금은 경주교회)에 가 봤고, 그때 중학생들까지 다녔던 주일학교에 등록했다.

그 교회는 일제 때 신사 참배가 잘못이었다는 사실을 인정하고 회개해야 한다고 주장한 고신 교단에 속했는데 주일성

수(主日聖守) 등 성경의 명령을 철저히 순종할 것을 가르쳤다. 담임을 하신 윤봉기 목사님은 자상하셨으나 매우 엄격하신 분이었고 자신의 삶으로 모범을 보이셨으므로 온 교인들이 존경했다.

그 시대 목사님들은 하나같이 성자들이었지만 윤 목사님은 그 가운데서도 뛰어나신 분이었다. 교회 건물에 물이 새서 비가 오는 날이면 예배당 여기저기에 빗물받이 물통을 두어야 했고 깨진 창문을 신문지로 가려서 바람을 막았지만, 그런 것을 수리하기보다는 가까운 곳에 시작한 개척 교회를 돕는 데 교회 헌금을 먼저 사용했다.

후에 내가 대학에 다닐 때는 서울중앙교회 담임 목사로 부임하셨고 나는 그 교회에 다녔다. 목사님은 서울중앙교회에서도 비슷했다. 교인 수가 늘어나자 예배당 옆, 앞, 뒤, 공간이 있는 대로 벽을 트고 확장하는 바람에 건물이 약 20각형이 되었다고 어느 할 일 없는 청년 하나가 조사해서 발표했다. 목사님은 예배당보다 사람이 더 중요하고 숫자보다 영혼 하나하나가 더 중요함을 아셨고 그대로 실천하셨다.

그는 자신에 대하여 너무나 엄격하셨고 그의 태도는 항상 근엄하였다. 사생활에서도 매우 엄격, 공정, 담담하셨기 때문에 우리 모두 목사님을 두려워하고 존경하였다. 그분은 나에게 목회자상(像)을 심어주셨고, 그것은 내가 도달할 수 있는 한계 이상이었기 때문에 마침내 나는 목사직을 감당할 수 없는 사람이라고 여겨 포기해 버렸다. 나뿐 아니라 목사님의 영향을 받은 많은 사람들 가운데 교회에 충성은 하면서도 목사가 되기를 무서워하는 사람들이 적지 않은 것은 그의 삶이 너무나 엄격하고 절제와 부지런함으로 일관되었기 때문일 것이다. 그리고 그 밑에서 자란 사람들 가운데 오늘의 교회와 교역자들에 대해 비판적인 사람이 많은 것도 역시 많은 목사가 윤 목사님과 차이가 나기 때문일 것이다.

윤봉기 목사님은 노회장, 총회장, 이사장 등 교회의 높은 '벼슬'도 많이 하셨지만 모두 담담한 태도로 임하셨다. 그런 직분에 연연하시지도, 그만둘 때 미련을 가지시지도 않았다. 그의 감투는 결코 머리보다 크지 않았다는 증거다.

인간인 만큼 실수도 있었다. 그러나 그분의 훌륭한 점은 실수를 저지르지 않는 데 있지 않고 그 실수를 빨리 인정하고 고치시는 데 있었다. 한번은 기독교 신문을 통하여 당신의 잘못에 대해 공개 사과 하신 일이 있다. 요사이 정치꾼들에겐 눈도 껌뻑 않을 일이었지만 그 공개 사과로 말미암아 그를 존경하는 사람이 늘었고 그 흠모의 정도는 더 깊어졌다.

나는 훌륭하신 목사님 밑에서 신앙 수련을 받았다는 사실을 더없는 복으로 여긴다. 비록 그분을 잘 닮지는 못했지만 그래도 어떤 것이 옳고 아름다우며 고상한가를 알도록 그분은 자신의 삶을 통해 우리를 가르쳤으며, 그것은 나에게 위대한 유산으로 남을 것이다.

감화를 끼칠 수 있는 인격이란 인스턴트커피처럼 쉽게 만들어지지 않는다. 40일 금식해서 누구나 바울이나 손양원 목사님처럼 될 수만 있다면 한국은 이미 완전히 기독교 국가가 되었을 것이다. 참으로 흠모할 수 있는 인격이란 남다른 인내와 힘든 극기와 형언하기 어려운 고통이나 고뇌를 거쳐 조금씩 조금씩 형성되는 것이고, 그런 인격의 소유자들이라야 역사의 방향을 조금이라도 바꿀 수 있다. 돌팔이 지도자는 돌팔이 의사보다 더 게으른 자들이고, 돌팔이 의사보다 더 무서운 해악을 다른 사람들에게 끼친다.

못난 백성이 독재자를 생산하듯, 못난 제자들이 엉터리 스승을 따른다. 우리나라의 영적 지도자들 가운데 엉터리가 많은 것은 단순히 그들만의 책임이 아니다. 그들을 따르는 못난 이들이 있기 때문에 그들이 존재하고 파리 떼처럼 증식하는 것이다. 악순환이 일어나는 것이다. 누가 진짜이고 어느 것이 가짜인지 알 수 있는 사람이라면 이미 스승이 필요 없고, 정작 스승이 필요한 사람은 참과 엉터리를 구별할 수 없으니 문제가 복잡해지는 것이다.

그러니 어떻게 해서라도 이런 악순환이 깨어져야 우리 사회와 교회에 희망이 생긴다. 아무리 문화가 기능주의로 흐를지라도 한 사람의 훌륭한 인격은 위대한 영향을 끼칠 수 있고, 하나의 돌팔이는 무수한 못난이들을 만들 수 있기 때문이다.

정작 위대한 인격은 겸손하여 자기가 위대하다는 사실을 모르고 그렇게 큰 영향을 끼치는 줄도 모른다. 그렇게 그들은 조용히 숨어 살다가 소리 없이 사라지기도 한다. 윤봉기 목사님은 당신께서 끼친 감화의 정도를 모르고 가셨다.

어린 시절에 나는 경주교회에서 윤 목사님뿐만 아니라 목사님의 외동아들이었던 윤종하 선생을 만났는데, 후에 '성서유니온'과 '매일성경'을 시작한 분이다. 목사님을 닮아 그도 매우 신실했고 어린 우리들이 따른 롤 모델이었다. 경주중고등학교뿐만 아니라 나중에 서울대학교 영문과 선배가 되어 나는 일생 동안 그로부터 많은 지도와 사랑을 받는 특권을 누렸다.

비교적 어렸을 때 교회 생활을 시작해서 그런지 나의 신앙은 모태 신앙과 비슷한 양상을 띠었다. 물론 고등학교 시절에 갑자기 엄습한 회의 때문에 심각한 위기를 겪기도 했지만, 나에게는 어느 때라 꼭 찍어서 말할 수 있는 회심 사건은 없었다. 그래서 다른 분들의 거듭남 체험담을 들으면 내가 정말 거듭난 사람인가 자문하기도 하고 두려운 생각까지 들곤 한다. 그러나 나는 하나님께서 나를 택하셔서 사랑하시고 나의 일생을 강제로 이끄셔서 그분의 고귀한 사랑이 나의 삶을 한없이 가치 있게 만드신다는 것을 믿고 항상 감사한다. 신용도의 "교회 한번 가보자."라는 간단한 권유가 나의 삶 전체를 지금처럼 만드는 데 결정적 계기가 되었다는 사실에 놀라고 감사한다.

주일성수와 입학시험

경주교회가 속했던 고신 교단은 계명 엄수에 철저했다. 나의 신앙은 아직 설익었으나 그래도 나는 교회의 가르침에 충실하려고 노력했다. 월요일에 시험이 있어도 주일에는 절대로 공부하지 않았고, 교련 시간에 국기에 대하여 '받들어총' 구령이 내려도 나는 '쉬어총' 자세로 서 있었다. 키가 작은 덕으로 뒤쪽에 서 있어서 한 번도 들키지는 않았다.

어느 해에는 성탄을 맞이하여 경주교회 중·고등부에서 회원들이 쓴 시, 수필, 간증 등을 엮어 작품집을 내기로 했다. 당시에는 컴퓨터나 프린터 같은 것이 없었고, 파라핀 등을 먹인 기름종이에 철필로 원고를 긁어 써서 등사판에 붙이고 그 위에 잉크를 묻힌 롤러로 밀어 책장을 복사하는 방법으로 글을 인쇄했다. 어느 토요일 저녁에 회원들이 열심히 등사를 하고 있었다. 이제 한두 장만 더 밀면 모든 등사가 끝나는데 12시가 되고 말았다. 주일이 되었으므로 모두들 일을 중단하고 어떻게 할 것인지 몰라 서로 쳐다보았다. 그때 한 녀석이 마루에 나갔다가 들어와서는 "마루에 있는 시계는 아직 12시가 안 됐어!" 하고 고함을 쳤다. 모두들 나를 쳐다보면서 어느 쪽 시계를 따를 것인지 "회장이 결정해!" 했다. 그때 나는 엄숙하게 선언했다. "마루에 있는 시계는 우리를 시험하기 위한 마귀의 도구야! 중단한다." 했다. 잉크를 먹은 기름종이는 시간이 지나면 잉크가 배어 들어가 못 쓰게 되므로 월요일에 그 페이지를 기름종이에 다시 긁어야 했다. 좀 유치했고 좀 지나치게 율법주의적이었다고 할 수 있지만 순수했던 그때의 신앙이 새삼 그립다.

경주중학교를 마치고 경주고등학교에 진학하기 위해 입학시험을 쳤는데 신체검사가 공교롭게 주일에 잡혔다. 나와 경주교회 소속 서너 명 수험생은 4계명을 어길 수 없다 판단하고 신체검사에 불응했다. 합격자 발표 며칠 전에 중학교 담임선생님이 부르셔서 갔더니 "야, 인마! 니 떨어졌다!" 하시면서 화를 벌컥 내셨다. 신체검사를 받지 않았기 때문에 경주교회 출신 수험생은 모두 낙제한 것이다.

경주교회에 출석한 친구들의 부모들과는 달리 나의 부모님은 교회나 기독교에 대해서는 아무것도 모르시는 분들이어서 주일성수 때문에 고등학교 입시에 낙방한 것을 용서하실 리 없었다. 그런데도 이상하게 나는 그 때문에 별로 걱정한 기억이 없다. 막연하게나마 하나님께서 잘 처리해 주시리라 믿은 것 같다.

나중에 들었지만 고등학교에서는 우리 때문에 교무 회의가 따로 열렸다고 한다. 신앙 문제로 신체검사에 불응했다 하여 전체에서 2등 한 놈을 낙제시킬 수 있느냐란 문제를 두고 논의한 결과, 얄밉지만 그놈들에게 다시 한번 신체검사 기회를 주기로 결정했다 한다. 하나님의 은혜로 나의 입학시험 성적이 전체에서 2등이었기 때문에 나뿐 아니라 경주교회 출신 수험생들이 모두 구제를 받은 것이다.

비슷한 상황이 대학 입학시험 때도 벌어졌다. 1957년 서울대학교 입학시험은 월요일에 치러졌는데 수험 번호표는 그 전날 주일에 배부되었다. 나는 역시 받으러 가지 않았다. 시험 당일 아침 일찍 입학 관계 사무실에 가서 수험 번호표를 달라 했더니 번호표가 들어 있는 서랍 열쇠를 가진 직원이 시험 문제 수송차 외출 중이라 했다. 속으로 간절히 기도하면서 초조하게 기다렸는데 시험이 시작하기 한 시간 전쯤 담당 직원이 도착했다. 수험 번호표도 받으러 오지 않는 놈이 무슨 시험이냐며 호통을 쳤지만 그래도 번호표는 주었다. 마치 합격한 것처럼 긴장이 풀려서 아주 편안한 마음으로 시험에 응했고 그 덕인지 무사히 합격했다. 합격자 발표도 주일에 이뤄져서 물론 보러 가지 않았다. 찬송가에 "예수, 예수 믿는 것은 받은 증거 많도다."란 구절이 있는데 그런 사건들도 나의 믿음을 받쳐주는 좋은 '증거'가 되었다.

나물국으로 받은 차별 대우

다른 집보다 특별히 더 가난하진 않았지만 우리 집 역시 빈농이라 중학생이 된 동생과 나의 학비, 하숙비를 모두 감당하기는 어려웠다. 그래서 고등학교 2학년 때부터는 좀 넉넉한 집 외동아들의 공부를 도와주는 가정교사가 되어 그 집에 들어가서 숙식을 해결했다. 우리나라의 최연소 고학생들 가운데 하나가 아니었을까 한다. 부잣집 외동아들과 같이 지냈으니 자취나 하숙보다 더 편하게 산 것은 말할 것도 없다. 그리고 그 학생도 나중에 서울대학교에 입학했으니 공부를 못하는 편이 아니었고, 따라서 가르치는 것도 크게 힘들지는 않았다. 그가 좀 일찍 세상을 떠났지만 그때까지 매우 가깝게 지낼 정도로 그와의 관계에는 아무 어려움이 없었다.

다만 그 집 주인 부부는 악하지는 않았지만 교양 수준이 좀 낮았다. 식사 때는 나와 내가 가르치는 학생이 겸상을 했는데 음식이 서로 달랐다. 예를 들어 자기 아들에게는 고깃국을 주고 나에게는 나물국을 주는 것이었다. 자기네 아들을 가르치는 선생인데 가정교사를 한 급 낮은 머슴처럼 취급한 것이다.

물론 좀 서러웠다. 지금까지도 그 상황을 생생하게 기억하고 있는 것을 보면 그런 대우를 당연한 일로 생각하지는 않았던 것 같다. 그러나 신기하게도 나는 그것을 그렇게 심각하게 받아들이지 않았다. 그분들이 '나빠서'가 아니라 '좀 못 배워서' 그런 것이라 이해하고 용서했다. 그분들은 좋은 가정에서 태어나 훌륭한 교육을 받은 것도 아니고 특별한 능력을 가진 것도 아닌데 어떻게 하다가 벼락부자가 된 분들이라, 평소에도 그들의 언행이 그렇게 존경스럽지는 않았다.

가끔 그때를 돌이켜보면서, 그때 내가 참은 것은 화를 내어 밥상을 엎어버리고 뛰쳐나가 봤자 어디 갈 데도 없었으니 무의식적으로 비겁해졌던 것이 아닌가 반문하기도 한다. 그러나 그 뒤에도 그분들과 그 아들에 대해서 한 번도 미운 감정을 가져본 일이 없고, 계속해서 늘 좋은 관계를 유지한 것을 보면 그런 해석은 옳지 않은 것 같다.

그보다는 역시 교회에서 배우고 얻은 그리스도인의 교양과 어렸을 때부터 남을 배려하고 예의와 체면을 중요시하신 부모님의 가정 교육, 그리고 그런 교양과 가훈에 대한 나의 자부심이 무의식적으로 작용했기 때문일 것이라 생각한다. 그래서인지 지금도 나는 그리스도인은 교만하지는 말아야 하지만 자존심은 가져야 한다고 주장한다. 저급하게 행동하는 것은 제대로 된 자존심이 없기 때문이라고 생각한다.

그런 경험이 나에게 소중한 교훈이 된 것은 당연하다. '약한 사람을 무시하거나 차별 대우를 하지 말자.' 나아가 '어떤 사람도 무시하지 말고 차별 대우를 하지 말자.'는 것이다. 가끔 억울하게 다른 사람에게 고통을 가하거나 지나치게 위선적인 사람을 보면 인간답지 못하다는 생각이 들지만 그래도 무시하진 말자고 자신을 다그친다. 누구든 차별 대우를 받으면 서럽다는 것을 잘 알기 때문이다.

소중한 친구들과 4·19 혁명

고등학교 2학년 때 시작된 고학은 대학을 졸업할 때까지 계속되었다. 역시 부잣집 자녀들의 가정교사로 숙식을 해결하는 것이었다. 서울대 등록금은 비교적 쌌지만 동생 재호도 서울대 농대에 다녔기 때문에 시골 빈농으로서는 두 사람의 학비를 충당하기가 버거웠다. 신입생 때 구입한 교복을 4년간 입었고 겨울에는 미국 사람들이 보내준 구호품 코트를 입었는데, 몸이 왜소해 볼품이 없었다. 대학 강의실에 난방이 될 리 없었고, 난로가 있는 다방에는 커피나 차를 살 돈이 없어 들어가지 못했다. 추운 겨울날엔 강의실 앞 양지쪽에 쪼그리고 앉아서 꽝꽝 언 도시락을 젓가락으로 깨어 먹기도 했다. 책도 없었거니와 남들 공부시키느라 읽을 시간도 부족했다. 대학 생활의 낭만이란 넉넉한 부모를 둔 소수만이 누릴 수 있는 사치였다.

같은 문리대 영문과 동기생 가운데 기독교인은 이명섭과 서영호가 있었다. 이명섭(교육부 장관을 지낸 이명현 교수 친형)은 중고등학교도 다닐 수 없을 정도로 가난했지만 머리가 뛰어나서 검정고시를 통해 입학했고, 비교적 넉넉했던 서영호는 매일 새벽 기도회에 참석할 정도로 철저한 신앙인이었다. 우리 셋은 그때 대학생이면 거의 다 즐겼던 술·담배를 멀리하고, 동기생 여학생들은 말할 것도 없고 서로에게도 존대어를 썼다. 그 버릇은 반세기가 지난 오늘날에도 그대로 남아 다른 동기들에게는 말을 놓으면서도 우리끼리는 '이 형', '손 형' 한다. 강의를 들을 때는 교실 맨 앞자리에 나란히 앉아서 기도부터 했으니, 학과에서는 인기가 없을 수밖에 없는 꽁생원이었다.

그런데 1960년 봄에 4·19 혁명이 일어났을 때 영문과 4학년 남학생 가운데 우리 셋만 시위에 가담하여 동기생들을 놀라게 했다. 서로 의논한 것도 아닌데 한참 뛰다 보니 경찰의 최루탄과 곤봉 세례를 받고 있는 것을 보고 우리들도 놀랐다. 평소에는 조용하고 권위에 순종적이었으나, 독재와 불의에 대한 비판 정신과 정의에 대한 욕구는 마음속 깊이 품고 있었던 것 같다. 나와 이명섭이 좀 가난했던 것도 무의식중에 작용했는지 모르겠다.

4·19가 지나가고 강의가 다시 시작되었을 때 우리 꽁생원 삼인방은 학과에서 영웅 대접을 받았다. 학년 모임에서 이명섭은 회장, 서영호는 총무, 나는 회계로 선출되어 학년 자치 활동을 주도했다. 졸업 여행도 우리 셋이 주관했는데 회계였던 내가 회비에서 술값을 한 푼도 지출하지 않아 엄청난 원망과 함께 "소주 딱 한 병만!" 애원을 받는 해프닝도 있었다.

졸업 후 이명섭은 성균관대학교 영문과 교수로 재직하며 교회 등에서 교양 강의를 많이 했고, 서영호는 미국 웨스트민스터신학교에 유학하고 목사로 안수받아 부산의 한 교회에서 목회하며 그 교단의 총회장으로도 섬겼다. 많은 영향을 서로 주고받으면서 신앙을 유지하는 데 큰 도움이 된 소중한 친구들이다.

난동에 가까운 새생활운동

4·19 혁명이 끝나고 새 정부가 들어섰지만 사회의 무질서와 부패는 그대로 남아 있었다. 자유당 정권을 무너뜨린 것에 용기를 얻은 학생들에게는 '사회도 좀 제대로 바꿔야겠다.'는 의욕이 넘쳐흘렀다. 우리 영문과 꽁생원 삼인방과 종교학과 김상복·이영기, 역사학과 김명혁 등 문리대 기독 학생들이 모여 새생활운동이란 것을 시작하기로 결의했다. 우선 밀수된 커피와 양담배 빼앗기, 댄스홀 습격, 국회의원들의 자동차 불법 운행 제지 등 난동에 가까운 시민운동을 펼쳤다.

자유당 정부는 자동차가 늘어나지 못하도록 차 번호를 한정해 놓았다. 허용된 자동차의 수가 다 차버렸기 때문에 4·19 이

후에 치러진 선거에서 당선한 국회의원들은 남은 번호가 없어 자동차를 이용하지 못했다. 그런데 상당수 의원이 군용 지프차를 불법으로 빼돌려 소위 '가' 번호판을 붙여 타고 다녔다.

하루는 새생활운동 학생들이 서울 시내 큰길 여기저기서 기다리다 그런 차가 나타나면 그 앞에 드러누워 정차시키고, 강제로 기사로 하여금 서울시청 뒷마당으로 몰고 가도록 했다. 오후가 되니 그렇게 끌려온 차가 100대가 넘었는데 해체해 버리자느니 불태우자느니 옥신각신하다가 학생 수보다 네 배나 되는 경찰이 기사들과 함께 몰려와서 다 몰고 가버렸다. 학생들은 불법을 저질렀으니 벌을 받겠다고 경찰 구치소로 몰려갔지만 문을 열어주지 않아 수감되지 못했다.

우리는 그때 활황을 누리던 댄스홀도 습격했다. 화려하게 장식한 홀에서 밴드 음악에 맞춰 신나게 춤을 추던 청춘 남녀들을 향해 "푹푹 썩은 자들! 지금 춤이나 추고 있을 때냐?" 하고 욕을 했다. 그때는 대학생들의 기세가 워낙 세서 아무도 항의하지 못했다.

어느 날 저녁에는 자하문 밖, 미군들의 댄스홀도 습격했다. 한국 공무원들이 관용차를 타고 가서 춤을 췄기 때문이다. 학생 일부는 주차장에 세워놓은 관용차 번호를 적고 나머지는 홀 안으로 침입했다. 종교학과 김상복 군(할렐루야교회 은퇴 목사)이 무대 위에 올라가서 우리가 이런 무례를 저지르는 이유를 영어로 잘 설명하고 이해를 구했더니 미군들이 박수를 쳐주었다.

돌이켜보면 좀 지나치기도 했고 순진하기도 했다. 그러나 4·19 못지않게 나라와 사회를 위한 젊은이들의 순수한 충정을 표현한 것이라 할 수 있다. 그때는 내무부 장관, 국회의장, 언론, 일반 시민들, 심지어 경찰조차도 난동에 가까운 우리 활동을 어느 정도 긍정적인 시각으로 봐주었다. 그리고 그 활동을 주동한 우리도 좀 부끄럽기는 하지만 결코 후회하지는 않는다.

선생님,
우리는 커피 안 마십니다

중독 정도는 아니지만 커피를 하루에 한두 잔씩은 꼭 마신다. 특히 중요한 강의나 설교를 하기 전에는 반드시 마셔야 한다. 마시지 않고 하면 꼭 실패할 것 같고 실제로 십중팔구는 실패했기 때문이다. 어쩌다 내가 이런 징크스까지 갖게 되었는지 생각하면 쓴웃음이 난다.

4·19 이후 새생활운동을 할 때였다. 그 당시 도시는 말할 것도 없고 시골 시장 골목까지 우후죽순처럼 다방이 생겼는데 모두 밀수된 커피를 팔았고, 거의 모든 남자가 담배를 피웠는데 대부분 밀수된 양담배였다. 그때 커피와 담배는 수입 허가가 나지 않았으므로 국내에서 소비되는 모든 커피와 외제 담배는 밀수품이었다. 그래서 우리는 우선 커피 마시지 않기, 양

담배 피우지 말기를 새생활운동의 구체적인 과제로 삼았다. 준비 모임의 지명을 받고 내가 재무부에 가서 알아보니 대전시 인구의 1년 치 식량 대금에 해당되는 외환이 커피와 양담배 밀수로 빠져나가고 있었다. 그 사실을 다음 모임에 보고했더니, 모두들 흥분해서 '커피 한 방울, 피 한 방울!'이라고 붓글씨로 쓴 조잡한 플래카드를 들고 길거리로 나섰다. 서울 시내 그 무수한 다방들에 무단 침입하여 커피잔을 엎지르고 양담배를 빼앗는 등 온갖 난동을 부렸다. 4·19 직후에 대학생이 영웅이 된 세상이라 시민들도 항의하지 않았고 경찰도 제지하지 못했다. 엎질러진 커피는 어쩔 수 없었지만 빼앗은 양담배는 제법 많아서 난동의 계절이 끝날 무렵 세종로 사거리에 쌓아놓고 불을 질렀다. 둘러서서 유치하게, 그러나 엄숙하게 애국가를 부르면서.

남들은 못 마시게 커피 잔을 엎질러 놓고 우리가 마실 수는 없는 노릇. 커피 살 돈도 없었거니와 그때부터는 '거룩한 분노'로 커피를 노려보게 되었다. 혹 다방에 갈 일이 생겨도 커피는 비상같이 피했고 다 큰 놈들이 우유만 마셨다.

그 시절 무슨 연유였는지는 모르지만 우리 영문과의 인기 없는 3인방은 고려대 김진만 교수님의 특별한 사랑을 받았다. 김 교수님은 한때 한국의 천재 가운데 한 분으로 알려졌고,

BBC 영어를 완벽하게 구사하셨을 뿐 아니라 재치와 유머가 뛰어나 학생들에게 인기가 높았다. 영문과 선배이며 서울대에서도 강의를 하셨는데 청강한 우리를 특별히 아껴주셨다. 그런데 여름 방학이 시작될 무렵 김 교수님이 우리 셋을 선생님 댁에 초청해 주셨다. 그때는 대학생들이 교수를 하늘같이 우러러보던 때라 교수님 댁에 초청받는 것은 흔치 않은 일로 대단한 영광이었다.

우리 셋은 황공하여 떨리는 마음으로 선생님의 말끔한 한옥에 찾아갔다. 반갑게 맞이하는 선생님과 함께 우리를 환영하는 사모님은 보기 드문 미인인 데다 교양미가 철철 넘쳤다. 그런데 이게 웬 날벼락인가? 우리가 인사를 끝내고 마루에 앉자마자 사모님이 예쁜 소반에다 끓는 물을 담은 주전자와 함께 조그마한 병에 든 인스턴트커피를 가져오시지 않는가? 우리는 서로를 쳐다보며 어쩔 줄을 몰라 했다. 다른 사람들이 마시는 커피는 엎질러 놓고 우리는 아무 일도 없었던 것처럼 이 커피를 마셔야 하나? 아니면 선생님의 그 특별한 호의와 그 아름다운 사모님의 친절을 무시하고 우리의 그 철석같은 확신에 따라 커피를 단호히 거부하는 실례를 저질러야 하나? 우리는 서로 눈짓을 주고받으며 한참 머뭇거리다가 마침내 거의 동시에 무거운 입을 열었다. "선생님, 우리는 커피 안 마십니다." 지금 생각해도 얼굴이 화끈거린다.

다행히도 선생님은 그런 일로 화를 내거나 섭섭하게 생각할 분이 아니었다. 크게 웃으면서 "자네들, 알았어! 여보, 홍차 같은 그런 거 뭐 없어? 이 친구들 말이야, 대단한 원칙주의자들이야. 커피 같은 거 안 마신대!" 하시며 난처해서 어쩔 줄 몰라 하는 우리를 안심시키셨다. 사실 우리를 초청하신 것보다 그렇게 이해해 주신 것이 더 고맙고 존경스러웠다. 그 뒤에도 가끔 우리를 다방으로 데려가셨는데 그때마다 "이 친구들, 커피 안 마시지? 우유나 마셔." 하셨다.

세월이 많이 흘렀고 세상도 많이 바뀌었다. 거리에는 한 집 건너 커피 가게고, 믹스 커피 개발로 우리나라가 커피 수출국이 되었다 한다. 커피잔을 엎지르던 나는 중독 직전에 이를 정도로 커피를 즐기니 당황스러운 실례를 감행했던 그 지조는 이제 어떻게 변명할 수 있을지……. 그리고 지금 내가 즐겨 마시는 커피는 새로 나온 고급 브랜드가 아니라 달짝지근한 옛날 다방 커피이니 그때 다방에서 엎지른 커피에 대한 무의식적인 사죄가 아닌지 모르겠다. 만사무상(萬事無常)이라더니 커피조차 설법하는 것 같다.

섣부른 불평

제○○ 경비 중대 1소대는 나에게 지옥이었다. 육군 비행장 활주로에서 하루 열두 시간씩 보초 서는 일은 정말 지루했다. 특히 12시부터 새벽 6시까지 통금이 내린 벌판에 혼자 서 있으면 세상의 모든 시계가 멈추어 선 것 같았다. 구약성경 「시편」에 "파수꾼이 아침을 기다리듯"이란 말이 무슨 뜻인지를 실감했다. 강풍이 불면 경비행기가 날아갈까 동체를 밧줄로 묶은 뒤 그 끝을 붙잡고 땅바닥에 누워 있어야 했고, 폭우가 쏟아져도 그대로 꼬박 맞아야 했다.

하지만 그 정도의 고생은 1960년대 한국 군인에게는 사치였다. 문제는 최근에 드라마로 화제가 된 병영 내 폭행이었다. 그때 나는 지금보다 몸이 더 가날팠다. 훈련소 입소 전 대기소에서 실시한 신체검사에서 몸무게가 47킬로그램으로 드러나 최소 48킬로그램은 되어야 하는 입소 조건을 맞추지 못했다. 군의관에게 1킬로그램만 보태달라고 애걸복걸해서 겨우 통과할 수 있었다. 훈련소에서도 M1 소총이 너무 무거워 총검술을 할 때 진땀을 흘렸다. 그런 약한 몸이 하루가 멀다 하고 몽둥이찜질을 당했으니 그게 바로 지옥이 아니고 무엇이겠는가?

때릴 이유는 고참병이 만들면 되었다. 사물을 숨겨놓고 없어졌다 하면 "도둑놈 취급하냐?" 하며 때리고, 외출했다 제시간에 귀대해도 늦었다고 윽박지르면 늦은 것이다. 그러나 그 무엇보다도 용서받지 못할 죄는 대학을 졸업했다는 것이었다. 전 중대에 대졸은 둘뿐이었는데, 그중 행운아는 중대 본부에서 행정 일을 맡았고, '빽'을 쓰지 않은 나는 말단 소대의 말단 이등병으로 떨어진 것이다.

그 지옥의 대표 악마는 시골 출신 상병이었다. 휴가 가서 다른 청년과 결혼한 전 애인과 간통한 그의 무용담을 다른 군인들처럼 부러운 눈으로 들어주지 못한 것 때문에 미운털이 박힌 것 같다. 거기다가 육사를 나온 소대장은 말이 좀 통한다고 걸핏하면 내게 말을 걸어왔다. 소대의 최말단이 소대장과 노닥거리는 모습은 고참 병사들의 눈에는 가시 중의 가시였다. 그렇다고 하여 대학 졸업을 취소할 수도 없고, 소대장에게 말

걸지 말라고 부탁할 상황도 못 되었으니, 그저 얻어맞아 절뚝거리면서 화장실 청소나 하고 다음에 맞을 매를 기다리는 것 외에 뾰족한 수가 없었다. 휴가 때 어머니께서 얼마나 힘드냐고 물으시기에 어머니 해산하실 때만큼 힘들다고 대답한 것이 얼마나 방정맞았는지는 아내의 산고를 직접 보고 나서야 깨닫고 두고두고 후회하지만, 나의 일생에 가장 고통스러웠던 때였음은 분명하다.

그런데 어느 날 갑자기 2소대로 전출하라는 명령이 내려왔다. 1소대는 병력이 남고 2소대는 모자라다는 이유였다. 그럴 경우 부대에서 가장 다루기 힘든 골칫덩어리를 보내버린다는 말을 들었다. 따라서 전출 대상이 된 것은 전 소대원 가운데 내가 가장 소용없고 골칫거리란 것을 뜻했다.

커다란 트럭이 나를 실으러 왔다. 운전석 옆자리가 비었는데도 뒤 짐칸에 태웠다. 털털거리는 트럭의 텅 빈 짐칸에서 부슬비를 맞으며 나는 하나님을 원망했다. "내 딴에는 정직하고 공정하게 산다고 도와주겠다는 '빽'들의 제안도 다 사양했고, 1킬로그램 부족한 몸무게를 핑계로 면제받을 수도 있었지만 국민의 의무를 다한다고 애써 입대해서 열심히 훈련받고 성심성의껏 근무했습니다. 그런데 최하급 부대에 배치되어 죽도록 매만 맞다가 이제는 그 소대에서도 가장 소용없는 천덕꾸

러기가 되어 이렇게 밀려 나가니 이게 대체 무슨 꼴입니까?"
눈물과 콧물을 빗물에 섞어 줄줄 흘리면서 한참을 투덜거렸다. 평생 처음으로, 그리고 마지막으로 하나님께 강하게 불평했다.

그런데 전입한 2소대는 전혀 다른 세상이었다. 군용 유류 창고를 경비하는 부대였는데, 소대장은 군인답지 않게 부드러웠고 선임하사와 고참 병사들도 모두 착했다. 거기다가 처음 며칠만 하루 열두 시간씩 보초를 세우더니 그다음부터는 유류 창고 출입구의 위병으로 임명했다. 주위에 주둔해 있는 부대들이 배급받아 가는 기름의 종류와 양이 서류와 일치하는지를 점검하는 일이었는데 아침 10시부터 오후 3시까지만 근무하면 되었다. 그때 군용 유류는 전부 미국에서 들어왔고 모두 영어로 표기되었기 때문에 영어를 알아야 그 임무를 수행할 수 있었다. 대학 영문과를 졸업한 내가 그 일을 맡게 된 것에 대해서는 아무도 시기하거나 이의를 제기할 수 없었다. 오후 3시에 임무가 끝나도 선임병들이 우글거리는 소대 막사로 들어가지 않고 위병소에 눌러앉아 옆에 있는 보초와 노닥거리며 시간을 보낼 수 있었다.

거기다가 떡 본 김에 제사 지낸다고 소대장이 영어를 가르쳐달라고 했다. 좁은 막사에서 고참병들의 심부름이나 하느니 소대장 숙소에서 저녁 시간을 보내는 것도 나쁘지 않았다. 매일 얻어맞던 1소대 지옥에 비하면 2소대는 나에게 천국이었다. 1소대에서는 대학을 졸업했기 때문에 미움을 받았는데 2소대에서는 그 덕으로 가장 편하고 대우받는 졸병이 된 것이다. 인간만사 새옹지마(人間萬事塞翁之馬)란 말이 이처럼 들어맞는 경우가 또 어디 있겠는가? 그날 트럭 짐칸에서 비를 맞으며 내뱉었던 나의 불평은 분명히 너무 섣부른 투정이었다.

야, 너 날 좀 살려줘

1961년 내가 복무하던 경비 중대 2소대는 유류 창고와 폐품 창고를 경비하는 임무를 맡았다. 유류 창고에는 중유, 경유, 휘발유, 심지어는 항공유까지 군에서 사용하는 거의 모든 종류의 기름이 보관되어 있었고, 가까운 부대들이 지정된 종류의 기름 정량을 배급받아 갔다. 출입구에 초소가 있었고, 거기에는 보초와 위병이 각각 한 사람씩 지키고 있었는데, 나는 위병으로 근무했다. 부대들이 기름을 배급받아 갈 때 서류에 기재된 종류의 기름을 정량대로 싣고 나가는지를 확인하는 것이 위병의 임무였다. 기름 이름이 모두 영어로 되어 있었고, 전 소대에서 대학을 졸업한 병사는 나 하나뿐인 데다 영문과를 나왔다는 이유로 소대장이 나를 그 자리에 배치한 것이다.

어느 추운 겨울날 오후, 멀리서 지프차 한 대가 전조등을 껌뻑이며 쏜살처럼 달려오는 것이 보였다. 차 출입을 통제하기 위해 걸어놓은 쇠사슬 차단기를 빨리 내리라는 신호임이 틀림없었다. 그런데 거기서는 직속상관의 차와 '작전'이라는 팻말을 붙인 차 외에는 어떤 지프차도 통과시키지 못하도록 되어 있었다. 달려오는 차를 자세히 보니 우리 중대장 지프가 아니라 군 특무대 소속 차였다. 그때 군 특무대는 헌병보다 더 무서운 권력 기관이었기 때문에 병사들에게는 공포의 대상이었다. 그런 위세를 이용하여 공짜로 휘발유를 넣으러 오는 것이 틀림없었다.

옆에 서 있던 보초가 "어짜믄 좋지?" 하고 안절부절못했다. 같은 일등병이던 나는 "가만있어 봐!" 하고 단호하게 말했다. 으레 차단기를 내릴 줄 알고 고속으로 달려오던 지프차가 차단기 앞에서 급제동을 걸었고, 그 바람에 땅이 움푹 파였다. "개애××!" 하고 상병 계급장을 단 특무대원이 당장이라도 우리를 때려죽일 듯한 기세로 차에서 내렸다. "야, 이 개××야, 왜 안 내려!" 하며 고함을 질렀다. 차단기를 못 내리게 한 내가 나설 수밖에 없었다. "직속상관 지프 외 다른 지프는 통과시키지 못하게 되어 있습니다." 하고 꼿꼿이 서서 대답했다.

"개××, 웬 말이 많아. 빨리 내려!" "못 내립니다." 나는 버티었다. 당장 주먹을 날릴 태세였으나, 근무 중인 보초를 구타하면 처벌이 매우 무겁다는 것을 알기 때문에 감히 때리지는 못했다.

협박해도 말을 듣지 않자, 그는 갑자기 태도를 바꾸었다. 그때 틈날 때마다 읽으려고 접수대 위에 펼쳐놓은 《타임》지를 보았는지는 모르겠다. 어쨌든 기세등등한 특무대 상병이 육군에서 최하급 부대인 경비 중대 일등병에게 존댓말을 하는 것이었다. "형씨, 이러지 맙시다. 우리 나중에 시내에서 커피나 한잔 같이합시다." 하는 것이었다. 나는 "감사합니다. 그러나 들어갈 수는 없습니다." 하고 단호하게 그의 회유를 거부했다.

이런 멍청이는 도저히 더 상대할 수 없다고 판단했는지, 그는 지프차를 획 돌려 소대 막사 쪽으로 갔다. 소대장을 협박하고, 저런 멍텅구리 부하 혼 좀 내주라고 말하기 위해서였을 것이다. 그리고 얼마 후 소대장이 초소로 걸어왔다. 소대장의 얼굴이 벌겋게 상기되어 있었다. 중위가 특무대 상병으로부터 온갖 협박을 다 받고 수모를 당했을 것이다. 지프차가 다시 오지 않는 것으로 보아 소대장은 협박에 굴하지 않은 것 같다. 그는 "야, 너 날 좀 살려줘!" 하고 나에게 애원하다시피 말했다. 그 마음씨 좋은 소대장에게는 지금 생각해도 미안하기 그

지없다.

다행히 내가 위병으로 근무하는 동안, 그 특무대 지프차는 다시 나타나지 않았고, 그 기세당당한 상병의 커피는 영영 얻어 마시지 못했다.

그때 나에게 어떻게 그런 용기가 있었는지 지금도 이해가 잘되지 않는다. 아마 학교와 교회 안에서만 살다가 처음으로 하는 사회생활이라 세상 무서운 줄 몰랐기 때문이 아닌가 한다. 하룻강아지 범 무서운 줄 몰랐던 것이다. 그러나 나는 그렇게 한 행동을 후회하지 않을 뿐 아니라 오히려 자랑스럽게 생각한다. 평생 처음으로 힘을 가진 자의 불법을 막으면서 굴복하거나 타협하지 않은 경험이 오늘날까지 이만큼이라도 비겁하지 않게 살 수 있는 힘이 되지 않았나 한다. 그리고 사병으로부터 그렇게 수모를 당한 소대장이 나를 꾸짖거나 벌주지 않은 것도, 이 세상이 아무리 썩어도, 그래도 안 썩은 사람들이 있다는 것을 믿게 되는 데 적지 않은 도움이 되었을 것이다.

매우 적절한 거짓말

제○○ 경비 중대 2소대 소대장 전 중위는 군인이라기보다는 시골 아저씨 같았다. 소대원들에게 기합을 주거나 큰소리치는 일이 거의 없었고, 잘못하는 병사에게는 기껏해야 "그렇게 하면 안 되잖아!" 정도의 책망으로 끝냈다. 상관들에게 잘 보여서 훈장을 받거나 진급을 빨리하겠다는 욕심도 없고, 하루하루를 그저 사고 없이 넘기는 것으로 만족하는 듯했다.

그래도 영어는 배워두면 도움이 될 거라 생각했는지 나에게 영어를 좀 가르쳐달라고 했다. 계급은 일등병이었지만 대학에서 영어를 전공한 사실을 알았던 것 같다. 마침 나는 낮에만 수행하는 임무를 맡았기 때문에 저녁에는 별로 할 일이 없었는데, 막사에서 상급 병사들에게 시달리기보다는 소대장 숙소에서 시간을 보내는 것이 더 나았다.

소대장의 학구열은 그리 뜨겁지 않았다. 시작한 지 한 시간도 안 됐는데 "야, 그만하고 바둑이나 한판 두자!" 했다. 그의 바둑 수준도 별거 아니었지만, 군대 가서 처음 배운 나의 실력과는 비교가 되지 않았다. 일등병으로부터 배워야 하는 장교의 상처받은 자존심을 바둑에서 이김으로써 회복하려는 것 같아 나는 기꺼이 응했고 우리는 영어보다 바둑으로 더 많은 시간을 보냈다.

그러던 중 어느 몹시 추운 겨울밤에, 무슨 예감이라도 들었는지 소대장은 점퍼를 덧입고는 소대 막사로 돌아오는 나를 따라나섰다. 보초들이 제대로 근무하는지 살펴봐야겠다는 것이었다. 소대장이 세 들어 사는 집은 막사에서 500미터 정도 떨어져 있어서 조금 걸었더니 소대 막사 입구 초소의 불빛이 보였다.

가슴이 철렁 내려앉았다. 초소에 불은 켜져 있는데 보초가 보이지 않는 것이다. 소대장이 보기 전에 미리 가서 경고해야겠기에 모르는 척하고 서둘러 걷기 시작했다. "야, 빨리 갈 필요 없어! 나도 봤어!" 소대장의 목소리에 이미 화가 잔뜩 실려 있었다. 좀 더 가까이 갔더니 더 심각한 문제가 드러났다.

빈 초소 벽에 M1 소총이 비스듬히 세워져 있는 것이다. 초소가 민간인도 드나드는 길가에 있었기 때문에 지나가는 사람이 총을 쉽게 집어갈 수 있었다. 그때는 모든 병기가 미국에서 들어왔고 우리나라에서는 부품 하나도 제대로 만들지 못했다. 그래서 군인들은 훈련소에서부터 총은 생명처럼 소중하게 다뤄야 한다는 소리를 귀에 못이 박히도록 들어왔다. 그런데 총을 그대로 놔두고 보초가 초소를 비웠으니 이건 보통 심각한 문제가 아니었다.

빨리 걷는 소대장을 따라 막사에 갔더니 고참병 몇이 난로 옆에 둘러앉아 고스톱을 치고 있었다. 날씨가 몹시 추워 초소에서 버티기가 힘들었던지 보초도 그 화투 놀이에 합류한 것이다. 나는 시골 아저씨 같던 소대장이 그렇게 화내는 모습을 그전에도, 그 후에도 다시 보지 못했다. 화투 치던 병사들에게 팬티만 남긴 채 옷을 다 벗게 하고 막사 바깥 추운 마당에 엎드려뻗쳐를 시켰다. 그러고는 옆에 서서 어쩔 줄 몰라 떨고 있는 나에게 고함을 질렀다. "우물에 가서 물 퍼 와!" 그 추운 겨울밤에 벌거벗은 몸들에 찬물을 끼얹겠다는 것이다.

막사에서 그리 멀지 않은 곳에 꽤 깊은 우물이 하나 있었다. 마을 사람들과 군인들이 식수와 빨래 물로 같이 사용하는 우물이었다. 나는 막사에 있는 양동이를 들고 우물로 가긴 했지만 우물에 두레박을 내리기는커녕 우물 안을 들여다볼 생각도 하지 않았다. 우물가에서 몇 분 동안 머뭇거리다가 빈 통을 들고 다시 돌아왔다. "우물이 꽝꽝 얼어서 물을 길어 올릴 수가 없습니다." 우물을 들여다보지 않았으니 알 수는 없지만 거짓말이었을 것이다. 소대장은 하는 수 없다는 듯 야전삽 자루로 엉덩이를 몇 대씩 때리고는 사건을 종결했다.

다음 날 낮에 나는 우물에 가보지 않았다. 거짓말이 사실인지 확인할 필요는 없지 않은가? 그런데 찬물 뒤집어쓰는 것을 면한 어느 누구도 나의 거짓말에 고맙다고 하지 않았다. 사실이라고 믿어야 나에게 신세 진 게 없게 되고, 고참병의 위신을 유지하면서 계속 나를 부려 먹을 수 있기 때문이었을 것이다. 그들보다 나의 거짓말을 더 고맙게 생각한 사람은 소대장이었을 것이다. 함경도 출신이라 깊은 우물은 겨울에도 얼지 않는다는 것을 알고 있음이 틀림없다. 화가 너무 치밀어 찬물을 끼얹겠다고 고함은 질렀지만 실제로 그렇게 했다가 병사 하나라도 심장마비나 동상에 걸리면 어떻게 되겠는가? 해당 병사들의 미래와 가족들의 항의는 말할 것도 없고 그 사실이 상부에 알려지면 소대장의 처지는 매우 난처해질 게 뻔했다. 그런 불상사를 나는 거짓말 하나로 막을 수 있었다. 그래도 병사들은 추운 밤에 벌거벗은 몸으로 찬물을 뒤집어쓸 고통에 대한 공포로 상당한 벌을 받았고 소대장은 그들에게 찬물을 뒤집어씌울 만큼 화를 내고 처벌하려 했으므로 내 나름대로 임무를 소홀히 했다 할 수는 없다. 모든 것이 나의 거짓말로 잘 처리됐다.

나는 지난 수십 년간 정직 운동을 펼쳤다. 우리 사회의 최대 약점이 투명성 부족이라고 지금도 강조한다. 그런데도 나는 사실과 다르게 말하는 것은 모두 나쁘다고 가르친 칸트에게는 동의하지 않는다. 논리적으로는 옳지만 현실적으로는 문제가 많은 주장이기 때문이다. 오히려 직간접으로 다른 사람과 사회에 해를 끼치지만 않으면 사실과 다르게 말해도 비도덕적이라 할 수 없다고 해야 할 것이다. 그 추운 날 밤 나의 거짓말은 누구에게도 해를 끼치지 않았고, 자칫하면 생겨날 뻔했던 큰 부작용들을 막았으므로 매우 적절했다고 생각한다.

군대의 부패 때문에 진로를 바꾸다

내가 소속된 경비 중대 2소대는 군용 유류와 폐품 창고를 지키는 곳이었다. 당시 모든 기름이 미국에서 수입된 것이라 엄청나게 비쌌고 그런 비싼 기름을 지키는 곳이었으니 부정이 심할 수밖에 없었다. 중대장부터 이등병까지 훔치지 않는 자가 거의 없을 정도였다. 어느 날 상급부대 특무상사 하나가 상당히 큰 돈뭉치를 들고 와서 부정 동참을 회유했다. 거절했더니 보초나 내가 저지할 수 없도록 커다란 트럭 세 대가 '작전'이란 표지판을 달고 전조등을 켠 채 달려와서 군용 휘발유 수십 드럼을 싣고 갔다. 모두 민간인 주유소에 팔아먹었다 한다. 군수 물자 폐품 창고도 같이 경비했는데 반입된 폐품이 뒷문으로 빠져나가 다시 들어오는 경우가 다반사였다. 폐품 반입 신고증이 있어야 새것을 배급받을 수 있는데 반입된 폐품이 빠져나갔다가 다시 반입되면 동일한 새 용품이 반복해서 불법 지급되는 것이다. 그때는 군이 우리 사회의 부패를 주도했고, 군수 물자를 경비하는 우리 부대는 그 부패가 구체적으로 실현되는 현장이었다.

어느 날 기름을 수령하러 온 소령 한 분이 500원짜리 지폐를 던져주고 가버렸다. 그때 일등병 월급이 1200원이었으니 반달치 월급에 해당하는 돈이다. 돌려줄 수도 없고 해서 고민하던 끝에 나는 그 돈을 마침 세차게 불어오던 바람에 날려버렸다. 바람과 함께 돈이 날아가는 추운 들판의 풍경이 지금도 눈에 선하고, 그 후 돈에 대한 나의 태도에 어느 정도 영향을 끼쳤다.

어쨌든 거기서 나는 진로를 바꿨다. 고등학생 때 윤봉기 목사님이 신학 공부를 권하셨으나 부모님은 내가 원하지 않았던 법대를 원하셔서 그 타협으로 영문과에 입학했고, 종교학을 부전공으로 택해 신학에 필요한 희랍어와 라틴어를 배웠다. 그러나 영어학에 관심이 생겨 학사 졸업 논문은 제프리 초서(Geoffrey Chaucer), 흠정역 영어 성경(AV), 셰익스피어의 가정법(subjunctive mood)에 대해 썼고, 앞으로 영어학자로 대학교수가 되겠다고 대학원에 들어갔다. 강사로 영어학을 강의하셨던 김진만 고려대 교수께서 보여주신 특별한 관심도 영향을 끼쳤다.

그러나 학교와 교회에만 익숙했던 나에게 상상을 초월한 군대의 부정은 엄청난 충격이었고, '이렇게 썩은 세상에 영어학이 무슨 소용이 있는가?' 하는 회의가 심각해서 이런 사회를 조금이라도 바꾸는 것이 급선무란 생각이 들었다. 그래서 접었던 신학을 공부하고 그것을 바탕으로 하여 계몽과 교육 활동을 해야겠다고 결심했다. 마침 유학하고 있던 교회 선배 하나가 미국 웨스트민스터신학교 입학 원서를 보내면서 지원해 보라기에 즉시 신학교에 편지를 써서 목회가 아니라 기독교 교육의 기초로서 신학을 공부하려는데 이런 학생도 허용하는지 문의했다. 우선 지원해 보라기에 원서를 보내고 선교사를 통해 시험을 본 뒤 장학금과 여비까지 약속받았다. 정부에서 시행하는 유학 자격시험에 합격해서 그때 시행되었던 유학 귀휴(歸休)라는 제도 덕으로 1년만 복무하고 1962년 9월 미국에 갔다.

제2부 가난한 나라의 유학생

장학금을 줄이려 일을 많이 하다

1962년 9월에 입학한 웨스트민스터 신학교는 교수들이 우수하고 신실해서 그 당시 세계 복음주의 신학계에서 가장 앞서 있었다. 개혁주의 신앙에 근거한 교수들의 성숙한 인품은 매우 존경스러웠고, 그들의 강의는 알차고 깊이가 있었다. 나는 오랜만에 시간에 쫓기지 않고 마음 편하게 하고 싶은 공부를 할 수 있었다. 비록 영어로 강의 듣는 것이 쉽지는 않았지만 열심히 노력한 결과, 1학년이 끝났을 때 전체 2등의 성적을 받았다. 다음 해에도 장학금을 받을 수 있게 된 것이다.

그런데 1등을 한 미국 친구가 장학금을 신청하지 않았다. 스스로 학비를 충당할 수 있으므로 가난한 외국 학생이 하나라도 더 장학금을 받을 수 있도록 양보한 것이다. 나는 그런 마음씨에 적지 않은 감동과 함께 큰 충격을 받았다. 이제까지 나는 내가 공부를 잘해서 장학금을 받은 줄 알았다. 그러나 실상은 내가 가난한 나라에서 왔기 때문에 도움을 받은 것이다. 상이 아니라 얻어먹는 것이라 생각하니 자존심이 몹시 상했고 부끄러웠다.

그러나 공부를 계속하려면 장학금을 안 받을 수 없었다. 고심 끝에 등록금만 면제받고 생활비는 내가 일해서 충당하기로 했다. 그런 내용의 장학금 신청서를 본 장학 위원들이 서로 눈짓을 하면서 좀 놀라는 것 같았다. 가난한 나라 유학생치고는 좀 별난 경우였기 때문이었을 것이다.

어쨌든 그 덕으로 나는 고생을 많이 했다. 음식, 책과 학용품, 피복 등의 비용을 모두 벌어서 충당해야 했기 때문이다. 학기 중에는 캠퍼스 안에서 화장실, 교실, 도서관 등을 청소하고, 쓰레기 버리기, 페인트칠 하기, 풀 깎기 등 안 해본 것이 거의 없었다. 마침 학교 관리인(janitor)이 나를 좋게 봐서 무슨 일이든지 생기면 제일 먼저 나에게 기회를 주었다. 온갖 일을 다 해보았으므로 "나는 미국에서 송장 치우는 일 외에는 다 해봤다."라고 농담했다.

첫해 여름 방학에는 한 큰 식당에서 접시 닦는 일을 했는데 정말 힘들었다. 100도에 가까운 물에 씻긴 접시가 기계에서 계속 밀려 나오는데 그 뜨거운 접시들을 맨손으로 집어내 선반에 옮겨야 했다. 조금이라도 머뭇거리면 접시들이 밀려서 깨어질 수 있기 때문에 잠시도 쉬지 못했고, 조금이라도 빈틈이 생기면 관리인이 부엌 바닥 걸레질을 시켰다. 식당이 저녁에 영업했으므로 접시 닦는 일은 밤에 했다. 이동 수단이 없어서 빌린 자전거로 출퇴근했는데, 어두운 밤 자전거 도로가 따로 있을 리 없는 도로에서 생명의 위험을 무릅쓰며 고속으로 달리는 자동차 사이로 묘기를 벌여야 했다. 그리고 낮에는 학교 풀밭에서 잔디 깎는 일을 했는데, 펜실베이니아의 여름 오후는 유난히 더웠고 습기도 많았다. 일생에 그토록 힘들게 일해본 적이 없다.

남의 신세 지지 않고 자존심을 지키는 것은 결코 쉽지 않았다. 그러나 지금 돌이켜보면 그저 감사할 뿐이다. 내가 양보한 생활비는 다른 학생의 등록금으로 쓰였을 것이고, 그런 고생으로 나에게는 지구력과 인내력이 생겨 일생 동안 큰 도움이 되었으며, 육체노동에 시달리는 사람들을 좀 더 이해할 수 있게 되었기 때문이다. 그 덕으로 나는 힘이 있는 한, 어떤 더럽고 험한 일이라도 피하지 않게 되었다. 그다음 두 해의 여름방학에는 로스앤젤레스와 뉴욕의 가게에서 일했다. 로스앤젤레스의 한 대형 상점에서는 청소를 잘한다는 인상을 관리자에게 심어 고객들의 휴식처 청소를 맡았는데 할 일이 많지 않아 아주 편하게 돈을 벌었다.

엉터리 이발사

1962년에 미국 웨스트민스터신학교에 입학했을 때 우리나라의 경제 사정은 말이 아니었다. 외환이 모자라 학비를 외국으로 송금하는 경우는 거의 없었고, 출국할 때 미화 100달러 이상은 가지고 나갈 수 없었다. 나도 신학교에 도착해서 65달러를 주고 타자기 한 대를 사고 나니 35달러가 남았다. 그것으로 근 한 달을 살아야 했다. 대부분의 외국 학생들은 장학금을 받거나 학교에서 시키는 허드렛일을 해서 학비를 벌어야 했다. 물론 미국에서도 신학생들이 그렇게 넉넉하지는 못했지만 유학생, 특히 한국 유학생들은 무척 가난했다. 장학금을 받았지만 등록금과 기숙사비 등 기본 수요를 제외한 학용품, 책값 그리고 잡비는 모두 스스로 벌어서 감당하지 않으면 안 되었다.

나도 입학하자마자 화장실 청소, 쓰레기 치우기 등 미국 학생들이 하고 남은 일들을 하면서 용돈을 벌었다. 미국에는 직업의 귀천이 없다 하지만 그래도 화장실 청소, 쓰레기 치우는 일은 역시 영어도 시원찮고 기술도 없는 외국 학생들에게 떨어졌다.

아무리 가난해도 꼭 써야 할 잡비가 없지 않았다. 그 가운데 무시할 수 없는 것이 이발비였다. 목욕, 빨래 같은 것은 비누만 있으면 큰돈 들이지 않고도 할 수 있지만 이발은 혼자 해결할 수 없는 노릇이다. 한국에서와는 달리 그때 이미 미국의 이발값은 너무 비싸 가난한 유학생이 이발관에 가는 것은 큰 문제가 아닐 수 없었다. 차도 없는 데다 이발소가 어디 있는지도 몰라서 돈이 있어도 찾아가기가 쉽지 않았다. 어쨌든 나는 미국에서 3년 동안 공부하면서 이발소에 가본 것은 한두 번뿐이었다.

이런 사정을 눈치채고 재빨리 사업을 시작한 것은 역시 경제에 눈이 밝은 중국 학생이었다. 후에 중국 선교학자로 유명하게 된 조너선 차오(Jonathan Chao)가 자기 기숙사 방 화장실에다 이발관을 설치한 것이다. 이발관 시설이라고 해야 자기가 공부할 때 앉는 의자, 수건 하나 그리고 이발 기계 하나뿐이었다. 물론 머리를 씻겨준다든가, 면도를 해준다든가 하는 사치 등은 제공되지 않았다. 그때도 웨스트민스터에는 외국 학생이 20여 명쯤 되었고 미국 학생도 가끔 이용했기 때문에 차오의 수입은 꽤 괜찮았다. 동기생이고 비교적 친한 사이여서 나도 그 이발관을 몇 번 이용했다.

그때 그가 받은 이발료가 얼마였는지는 전혀 기억나지 않지만, 그조차도 가난한 우리에겐 부담이 되었다. 그래서 한국 학생 몇 사람이 자구책을 강구하였다. 우리 머리는 우리 손으로 깎자는 것이었다. 그래서 각자가 조금씩 출자하여 이발 기계를 하나 구입했다. 그리고 기숙사 방은 다른 학생과 같이 쓰기 때문에 화장실을 쓰지 않고 신학교 본관(Machen Hall) 지하 샤워 시설을 쓰기로 했다. 그것도 다른 학생들이 사용하는 데 방해가 될까 해서 모든 이발은 토요일 오후에만 하기로 했다.

그런데 실제로 이발하는 현장은 정말 가관이었다. 우선 머리카락이 러닝셔츠나 팬티에 묻지 않아야 하는데 그렇게 할 수 있는 보자기가 없었다. 그래서 하는 수 없이 침대 시트를 사용하기로 했다. 누구의 것을 사용했는지는 기억이 나지 않는다. 그래도 머리카락이 그 밑으로 들어갈까 염려되는 사람은 아예 완전히 옷을 벗고 알몸으로 시트를 뒤집어쓰고 간이 이발 의자에 앉았다. 마침 그때는 웨스트민스터에 여학생이 전혀 없어서 알몸으로 이발하는 것이 큰 문제가 되지는 않았지만 머리를 깎는 사람이나 머리를 깎이는 사람 모두 그 꼴이 하도 우스워 제대로 깎을 수가 없었다.

나는 주로 김명혁 목사와 서로 머리를 깎아주었다. 그런데 나는 내 나름대로 조심해서 김 목사의 머리를 잘 깎아주었기 때문에 별문제가 없었다. 그러나 김 목사가 내 머리를 깎을 때는 문제가 자주 발생했다. 머리를 깎다가 조금 실수해서 한 부분을 깊이 깎아버리면 그 부분이 표가 나지 않게 하기 위해 나머지 부분을 모두 그만큼 짧게 자르지 않으면 안 되었다. 그렇게 한두 번 실수하고 나면 온 머리가 중머리처럼 될 수밖에 없었다. 그러나 김 목사는 결코 자신의 실수를 인정하지 않았다. 실수할 때마다 "머리가 뭐 이렇게 울퉁불퉁해!" 하고는 머리를 한 번 쥐어박는 것이다. 자기가 실수해서가 아니라 내 머리가 울퉁불퉁해서 그렇게 되었다는 것이다. 내 머리가 정말 울퉁불퉁한지 내 눈으로 들여다볼 수 없으니 어쩔 수 없이 머리 한 번 쥐어박히고 짧아진 머리가 빨리 자라기만 기다릴 뿐이었다.

그때 재미를 보아서 그런지 나는 결혼 후에도 이발관에 별로 가지 않았다. 이발 기계를 구입해서 집사람에게 깎아달라고 한다. 사당동에 이사 가서 처음 몇 년간은 주로 중학생들

머리를 깎아주는 조그마한 마을 이발관에 드나들었다. 고무신을 신고 갈 수 있을 정도로 집에서 가까운 데다 이발사가 같은 마을에 사는 사람이고 지지리도 가난해서 편리 반 동정 반으로 그 이발관을 이용하였다. 어른은 거의 없고, 거기에다 팁을 줄 만한 사람은 나 하나밖에 없어서 나는 갈 때마다 꽤 많은 팁을 주었다. 하지만 몇 년 후 그가 간암으로 죽으면서 이발관은 문을 닫았고, 나의 이발관 출입도 그것으로 끝났다. 그 후 나는 지금까지 약 40여 년간 한 번도 이발관에 가본 적이 없다. 아마 그렇게 해서 절약한 돈도 꽤 많겠지만 돈보다 더 절약한 것은 시간이다. 이발관에 가는 시간, 오는 시간도 아깝거니와 보기 좋게 깎는다고 불필요하게 시간을 많이 쓰는 것도 지루하다. 그리고 요즘 나이가 들어서는 머리 모양이 보기 좋은지 나쁜지에 대해서도 관심이 없어졌기 때문에 값비싼 이발관에 갈 필요가 더더욱 없어진 것이다. 결국 나는 일생의 절반 이상을 엉터리 이발사들의 손으로 이발을 한 셈이다. 웨스트민스터로부터 받은 별난 유산이다.

너 여기 있을 줄 알았어!

웨스트민스터신학교는 작은 학교였다. 지금은 건물도 많이 세워졌고 학생과 교수 수도 늘었지만 그때는 학생이 고작 100여 명, 교수는 열 분이었다. 짓궂은 학생 하나가 교수 열 명의 단체 사진을 게시판에 붙여놓고는 그 밑에다 'FBI가 가장 원하는 10명(FBI Ten Most Wanted)'이라고 써놓았다. 지금도 그렇게 하는지 모르지만 그때는 미국 연방수사국(FBI)이 수배 중인 가장 악질적인 범죄자 열 명을 사진과 함께 미국 전국 방방곡곡에 게시했는데 그것에 빗대어 만든 것이었다. 범법자이기는커녕 교수들 몇 분은 당시 보수 신학계에서는 가장 뛰어난 학자들이었기 때문에 영국, 호주, 한국, 일본 등 여러 나라에서 학생들이 모여들었다. 나도 학문적

명성 때문에 그 학교에 지원했지만, 지금은 교수님들의 강의보다는 그들의 겸손하고 온후한 인품에서 받은 감동이 더 강한 기억으로 남아 있다.

그 학교에는 1년에 한 번씩 학생들이 학교를 위해 봉사하는 전통이 있었다. 평소에는 조금이라도 학교 일을 하면 임금을 받지만 그날만은 전교생이 모여서 아무 대가도 받지 않고 학교 구석구석을 청소하고, 칠을 하고, 잡풀을 뽑는 등 크지 않은 교정을 말끔히 정리하는 것이었다. 학생들의 그런 학교 사랑에 보답이라도 하듯 그날은 교수 사모님들이 모두 학교 식당에 출동하여 전교생에게 특식을 만들어 대접했다. 형식으로는 몸으로 일하는 것이었지만 사실은 그것을 구실 삼아 학교 전 가족이 함께 모여 교제하고 즐기는 잔치였다. 학생들에게 가장 인기 있는 음식은 울리 교수의 사모님이 굽는 러시아 빵이었다. 그 사모님은 러시아 귀족의 딸로, 풍모도 고상했지만 그가 구운 빵은 미국의 어느 가게나 식당에서도 맛볼 수 없을 정도로 맛있다고 학생들이 과장하면서 군침을 삼켰다. 아침에 모이자마자 삼삼오오 무리를 지어 모두 그 빵 이야기로 떠들썩했다.

9시 작업 시작 시간이 되자 학생회장은 우리들을 여러 조로 편성하여 조마다 다른 임무를 부여했다. 내가 속한 조는 인도에 자라는 잡풀을 뽑는 임무를 받았는데 내가 조장으로 임명되었다. 다 큰 신학생들이라 스스로 알아서 잘하기 때문에 조장이 하는 일이란 기껏해야 연장 나누어주고 거둬들이는 것 정도였다. 교정에 웅장하게 서 있는 고목들 밑으로, 혹은 잔디밭 사이로 이리저리 나 있는 인도에는 새까만 박석이 깔려 있는데 다듬지 않은 자연석이라 돌과 돌 사이가 벌어진 틈으로 풀이 자랐다. 밟혀도 죽지 않고 버티는 놈들이라 여간 질기지 않았다. 7~8명의 조원들이 열심히 뽑았지만 진도가 그렇게 빠르지 않았다. 다른 조들이 일을 거의 다 마치고 정리할 무렵에도 우리 조가 풀을 뽑아야 할 길은 아직 많이 남아 있었다.

그러나 시간은 흘러 기다리고 기다리던 점심시간이 오고 말았다. 학생회장으로부터 아무 신호가 없었는데도 12시가 되자마자 모두 우르르 식당으로 몰려갔다. 우리 조원도 예외가 아니었다. 혹시라도 그 맛있는 빵을 놓칠세라 풀을 뽑아야 할 길은 2~3미터 남았는데 모두 다 가버렸다. 명색이 조장인 나는 난감했다. 나도 에라 모르겠다 하고 가버릴까 싶었지만 아무래도 마음이 꺼림칙했다. 살펴보니 10분쯤이면 다 뽑을 수 있을 것 같아서 혼자 해보기로 했다. 땀을 뻘뻘 흘리면서 열심히 뽑고 또 뽑았다.

정신없이 풀을 뽑고 있는데 무슨 소리가 났다. 쳐다보니 학생회장 딕 워스가 다가왔다. "나, 너 여기 있을 줄 알았어! 네가 안 보이기에 찾아왔어. 가자. 식사해야지." 하고는 나를 식당으로 끌고 갔다.

음식 맛에 별 관심이 없어서인지 러시아 귀족이 구운 빵이 나에게는 그렇게 대단히 맛있다고 느껴지지 않았다. 다른 미국 친구들처럼 그 빵이 그렇게 먹고 싶었다면 나도 풀이고 조장이고 다 잊어버리고 식당으로 뛰어갔을지도 모른다. 음식 맛에 둔감한 탓인지 책임감이 투철해서인지 분명하지는 않지만 어쨌든 나는 딕 워스로부터 "너 여기 있을 줄 알았어!"란 칭찬을 들었고, 그것은 내가 평생 들은 칭찬 가운데 가장 좋은 것으로 마음속에 간직하고 있다. 후에 그의 추천으로 나는 미국의 한 재단으로부터 장학금을 받게 되었고, 네덜란드 암스테르담자유대학교에서 조교가 되어 월급을 받을 때까지 근 2년간 그 돈으로 생활하고 공부할 수 있었다.

팔십이 되도록 오래 살면서 억울한 욕도 먹었고 칭찬으로 위장한 아첨도 받았지만, 마땅히 먹어야 할 욕도 더러 먹었고 들을 만한 칭찬도 가끔 들었다. "나를 착하다고 하는 자는 이에 도적이오. 나를 나쁘다고 하는 자는 이에 스승이라(道吾善者 是吾賊 道吾惡者 是吾師)."란 명구처럼, 내가 제대로 된 인물이었다면 칭찬보다는 욕이 나를 위대하게 만들었을 것이다. 그러나 나는 그런 위인도 못 되고 그렇게 생산적인 욕도 듣지 못했다. 평생을 두고 반성할 비난도 받지 않았지만 두고두고 나를 우쭐하게 만들 칭찬도 기억하지 못한다. 다만 딕 워스의 그 "나, 너 여기 있을 줄 알았어!"는 지금도 잘 잊히지 않는다. 그때 나의 행동에 대한 칭찬으로는 좀 과분하지만 그것이 지금껏 가장 좋은 칭찬으로 기억된다는 사실이 나에게는 의미가 있다. 그것은 내가 '어떤 사람인가'보다는 '어떤 사람이 되어야 하는가'를 말해주기 때문이다. 그런 칭찬은 지금도 듣고 싶지만 아직 하나의 채찍으로 작용하고 있다.

아름다운 선취 특권

나는 가끔 어떻게 해서 오늘의 내가 만들어졌을까 생각해 본다. 어떤 과정을 거쳐 내가 이런 성격, 가치관, 취향 등을 갖게 되었고 나란 정체성이 형성되었을까? 내가 타고난 천성보다는 아마도 주위로부터 받은 수많은 영향이 더 크게 작용했을 것 같다.

우선 나는 크고 작은 충격을 적지 않게 받았다. 동생 셋이 어렸을 때 죽은 것과 그 때문에 부모님이 애통해하시는 모습에서 가슴이 에는 슬픔을 알았고, 밤중에 찾아온 빨치산, 보도연맹 소속 인사들에 대한 공개 총살, 6·25 전쟁은 어렴풋이나마 이념이란 것이 얼마나 무서운 것인가를 알게 하였다. 4·19 혁명에 참여하여 매를 맞고, 새생활운동에 앞장선 것은 후에 나를 시민운동에 참여하게 만든 계기가 되었고, 군 복무 때 목격한 우리 사회의 부패상은 나의 인생 진로를 바꾸게까지 하였다.

하지만 나는 훌륭한 분들도 많이 만났다. 돈, 권력, 학문이나 예술 분야에서 명성을 날린 분들은 별로 만나지 못했고 만나도 기억이 없으나 장기려 박사, 김용기 장로, 한경직 목사님같이 위대한 인품과 사랑의 심장을 가진 분들을 만나고 그분들의 사랑을 받은 것은 나에게 큰 복이고 자랑이었다. 그분들로부터 무엇을 배운 것 같지는 않고 다만 그분들 때문에 내가 얼마나 초라한가를 좀 알게 되었다. 그것만으로도 감사하게 생각한다.

그리고 나는 좋은 친구들을 많이 만나는 복도 받았다. 그 가운데 하나가 얼 라키(Earl Lackey)다. 1962년 9월에 미국 필라델피아에 있는 웨스트민스터신학교에 같이 입학한 동창생으로 순박하기 이를 데 없는, 캐나다의 한 가난한 농부의 아들이었다.

그 학교의 기숙사는 옛 부잣집을 개조해서 만들었기 때문에 1인실, 2인실, 3인실 등 크기가 다른 방들이 있었고, 우리는 심지 뽑기를 해서 방을 배정받았다. 3학년 때는 옛날 하인들이 살던 건물에 위치한 2인실을 얼과 같이 쓰게 되었다. 추첨 결과 공고를 보고 나는 책이랑 옷이랑 소지품을 가지고 배정받은 방으로 갔다. 그런데 얼은 나보다 먼저 방에 와 있었다. 그리고 벌써 그의 소지품을 잘 정리해 놓았다. 그런데 나를 놀라게 한 점은 그의 책은 모두 위치가 좋지 않은 쪽에 있는 책상 위에 쌓아놓았고 자기 이불은 침대 2층에 올려놓은 것이었다. 즉 불리하고 불편한 곳을 모두 선점해 버린 것이다. 나는 당연히 그래서는 안 된다고 주장하였다. 불편한 것과 편리한 것을 각각 나누어 가져야지, 너는 불편한 곳만 모두 쓰고 나는 편리한 곳만 독차지하는 것은 공정하지 못하다고 항의하였다. 그러나 그는 자기가 먼저 도착했기 때문에 '선취 특권'을 행사한다면서 막무가내였다.

"하나를 보면 열을 안다."라는 속담이 있다. 그렇게 남을 배려하고 자신의 편리와 이익은 다 양보하는 친구와 한 해 동안 같은 방에서 산다는 것이 어떠했을지는 물을 필요도 없다. 물론 나도 양심이 있지, 사사건건 나에게만 유리하게 되도록 내버려 둘 수는 없었다. 어떻게 하면 나도 그에게 좀 양보하고 그에게 편리해지도록 할까를 생각하게 되고 혹시 나의 편의만 생각하지 않는지 스스로를 살피게 되었다. 기숙사에는 서로 다른 배경을 가진 젊은 사람들이 좁은 방에서 같이 살기 때문에 긴장도 쌓이고 서로 싸우는 경우도 없지 않았다. 그러나 우리 둘은 그 학교에서 가장 사이좋게 지내는 룸메이트로 알려져서 다른 학생들의 부러움을 샀다.

얼의 학업 성적은 그렇게 뛰어나지 못했다. 그러나 그것이 그의 활동과 그에 대한 사람들의 존경과 사랑에 전혀 방해가 되지 않았다. 토론토의과대학에 다니면서 캐나다의과대학생 연합회 회장이 될 만큼 똑똑한 베스라는 여학생의 열렬한 사랑을 받아 결혼하였고, 목사가 되어 교인들과 자녀들의 사랑과 존경을 받으며 평생 한 교회에서 목회하다가 은퇴하였다. 그가 그런 대접을 받지 않았다면 주위 사람들이 오히려 이상하다 해야 할 것이다.

내가 지금 그 친구만큼 다른 사람을 배려하고 있는지 생각해 보면 자신이 없다. 그러나 그런 배려가 얼마나 아름다운 것이며 멋진 것인가는 잘 안다. 그런 배려를 받아보았기 때문이다. 그리고 가능하면 나도 그처럼 그렇게 살고 행동해 보려고 의식적으로 노력한다. 만약 내가 그를 만나지 못했다면 아마 나는 지금보다도 훨씬 더 못나고 이기적으로 되어 사람들이 싫어하는 대상이 되었을 것이다. 남을 배려하는 것도 전염성이 있는 것 같다. 그 친구가 새삼스레 고마워진다.

거꾸로 보는
눈치

1960년대 미국 유학은 참으로 고달픈 삶이었다. 모두 장학금을 받고 공부했지만 생활비를 넉넉하게 주는 학교는 드물었다. 거기다가 고국에 두고 온 가난한 가족들이 생각나서 조금이라도 여유가 생기면 한국으로 송금했다. 그래서 학기 중에도 일하는 학생들이 더러 있었고, 방학이 되면 거의 예외 없이 무슨 일이든 해서 돈을 벌어야 했다.

1964년 여름 방학에는 뉴욕 한가운데 있는 '아주마'란 가게에서 점원으로 일했다. 일본인 형제가 운영하는 꽤나 규모가 큰 선물 가게였다. 정식 직원들의 여름휴가로 생기는 빈자리를 메우기 위하여 대부분 나 같은 학생들을 방학 동안만 고용했다. 주인만 일본인이지 점원들은 거의 다 미국인들이었고 남미 청년 몇 사람이 같이 일했다. 같은 신학교에 다녔던 김명혁 형과 함께 변두리에 방을 하나 얻어 자취하면서 지하철을 타고 맨해튼 상점으로 출근했다.

우리가 왜 굳이 일본 상점에서 일하게 되었는지는 기억나지 않는다. 아마 신문 광고를 보고 지원하지 않았나 한다. 일본인 주인은 비교적 얌전한 사람으로, 우리가 한국인이란 사실에 큰 관심을 쓰는 것 같지 않았다. 다른 직원들과 비슷하게 평범하고 자연스럽게 대해주었다.

그런데 가게에 가서 좀 살펴보니 엉성한 데가 매우 많았다. 그 가운데 하나로, 주문해 놓은 물건을 포장도 뜯지 않고 구석구석에 처박아 놓은 것이 많이 보였다. 먼지가 뽀얗게 앉은 것도 더러 있어 상당 기간 방치된 것 같았다. 그렇게 된 것은 직원들의 일이 너무 많아서도 아니었다. 주인이 나타나면 분주하게 움직이다가도 주인의 감시가 좀 소홀하면 대부분의 직원이 뒷짐을 지고 서서 잡담을 하며 놀았다. 임금을 받으면서도 가능한 한 일은 적게 하려는 것은 동서를 막론하고 비슷한 모양이다.

물론 나도 같이 그렇게 할까 싶은 유혹을 받았다. 그 가게에서 계속해서 일할 것도 아니고 일본인 주인에게 특별히 충성할 마음도 크지 않았다. 그저 여름 방학 동안 일하다가 임금

받고 떠나버리면 그만이다. 그러나 나의 자존심이 다른 점원들처럼 주인 눈을 속이고 맡은 일을 팽개치는 것을 허용하지 않았다. 그래서 나는 다른 점원들과 정반대로 행동하기로 마음먹었다. 즉 주인이 나타나면 서서 놀다가 주인이 사라지면 그때부터 열심히 일을 하는 것이다. 일할 것은 너무 많았다. 우선 포장도 뜯지 않은 소포들을 하나씩 먼지를 털어내고 풀어냈다. 꽤 괜찮은 물건들이 들어 있었다. 고객들의 눈높이에 맞춰 진열대에 공간을 만들고 새로 풀어낸 선물들을 올려놓았다. 사용 용도가 분명하지 않은 상품에는 흥미를 끌 만한 방식으로 설명도 써서 붙였다. 그렇게 열심히 일하다가도 주인이 오는 소리가 들리면 벌떡 일어나서 먼 데를 바라보며 서서 놀았다.

그런데 주인이 오는 것을 미처 눈치채지 못할 때가 있었던 것 같다. 즉 내가 열심히 일하는 것을 일본 주인이 여러 번 본 것이다. 주인이 다가와서는 이제부터는 토요일과 공휴일에 반드시 출근하라 했다. 토요일에는 평일보다 임금이 50퍼센트 높고 일요일을 비롯한 공휴일에는 100퍼센트 더 높기 때문에 토요일과 공휴일에 일하라는 것은 일종의 특혜였다. 나는 일요일에는 교회에 가야 하기 때문에 일할 수 없다고 했더니 그러면 토요일과 다른 공휴일에는 꼭 출근하라 했다. 감사히 수용한 것은 당연하다. 그 덕으로 처음에 예상했던 것보다 더 많은 임금을 받았다.

방학이 끝나서 사장에게 작별 인사를 했다. 그랬더니 사장은 "비자를 바꿔줄 테니 학교에 가지 말고 이 상점에서 같이 일하는 것이 어떠냐?" 했다. 나를 쓸모 있게 본 것이 틀림없었다. "나는 공부하러 왔지, 돈 벌러 온 것이 아닙니다." 했더니, 내가 신학생인 것을 알고 "하나님만 섬기면 되느냐? 사람도 섬겨야지!" 하고 웃으며 보내주었다. 그러고는 놀랍게도 선물을 하나 주었다. 무엇이었는지는 기억이 나지 않지만 꽤나 비싼 것이었다. 정식 직원들이 그것을 보고 놀라워했다. "저 노랑이가 선물 주는 것 처음 봤다." 했다. 어쨌든 눈치 거꾸로 보는 것이 어떤 결과를 가져오는가를 경험한 좋은 기회였다.

성경의 권위를 확신시켜 준 신학 공부

웨스트민스터신학교에서 공부한 3년은 나의 신앙과 세계관을 확고하게 정착시켰다. 이미 가지고 있던 다소 감성적인 신앙에 이론적인 옷을 입혀주었다 할 수 있다. 무엇보다도 성경의 권위에 대한 강조는 거의 지나치다 할 수 있을 정도였고, 교수들과 대부분의 학생들은 그들의 삶과 행동으로 그런 확신을 일관성 있게 표현해 주었다. 이 자산은 평생 동안 나의 삶에 결정적인 역할을 했다. 설교와 기독교 관계 강의, 논설 등을 준비하면서 계속 성경을 가장 권위 있는 자료로 이용했고 성경이 뜻하는 바를 알아보려고 노력했다. 그렇게 해서 터득한 지혜는 계속 나를 감동시켰고, 나의 생각과 삶에 중요한 변화를 가져왔다. 그것은 성경의 권위에 대한 확신 때문에 가능했다.

그 확신은 특히 철학 활동에도 큰 이익을 주었다. 나는 박사 학위 논문에서 칸트와 후설(Edmund Husserl)의 철학을 다루었지만 성경 덕으로 그들을 우상화하지 않을 수 있었고, 따라서 그들의 사상을 비판할 수 있었다. 그래서 가끔 "기독교인이 어떻게 철학을 할 수 있느냐?"라는 질문을 받는데, 그때마다 나는 "기독교인이기 때문에 철학을 더 잘할 수 있다."라고 대답한다. 철학에서 가장 중요한 것이 비판적 사고인데, 절대적인 바탕이 하나 있어야 그 외 모든 것을 비판할 수 있기 때문이다. 가장 확실한 근거, 하나님의 말씀인 성경이 있기 때문에 모든 철학자의 생각을 마음 놓고 비판할 수 있는 것이다. 한 현상학회 학술 발표회 때 후설의 어떤 주장을 비판했더니 동료 철학자 한 분이 "당신이 어떻게 그 위대한 후설을 감히 비판할 수 있느냐?" 하고 항의했다. 그때 "예! 후설도 하루 한 번쯤은 화장실에 갔을 것"이라고 대답했다. 물론 철학 사상에 국한될 이유가 없다. 인간의 어떤 권위도, 이 세상의 어떤 좋은 것, 위대한 것도 절대적일 수 없다.

웨스트민스터신학교에 지원했을 때 나는 목회가 아니라 교육을 위해서 신학을 공부한다고 했고 학교에서도 그것을 잘 알고 있었다. 가보니 웨스트민스터에는 나처럼 목회가 아니라 신학자 혹은 기독교학자가 되는 것을 꿈꾸는 학생이 의외로 많았다. 교수들의 학문적 수준이 매우 높았기 때문이 아니었을까 싶다. 어느 날 목회학 담당 교수가 호출해서 갔더니 왜 목회를 하지 않으려 하느냐고 물었다. 나는 목회자가 될 만큼 성숙한 인격을 갖추지 못했다고 대답했다. 그때까지 나는 오직 윤봉기 목사님 한 분 밑에서만 신앙생활을 했는데, 그분의 삶이 워낙 엄격해서 나는 도저히 그분만큼 될 수 없다고 느꼈고 팔십이 훨씬 넘은 지금도 다르지 않다.

어쨌든 교수들이 지정해 준 필독서와 추천 도서를 읽으면서 새로운 지식을 얻는 것 못지않게 생각하는 것에 재미를 느끼고 흥분하기도 했다. 군대에서 심각하게 회의했던 이론적 학문에 대한 관심이 다시 생겨났다. 특히 코넬리우스 반 틸(Cornelius Van Til) 교수의 변증학과 흠증학, 윤리학 강의는 비판적 생각을 크게 자극했고, 조직신학을 배우면서 과연 인간의 논리로 하나님에 대해 논할 수 있는가 하는 근본적인 의문도 품어봤다.

2학년 때 학술 논문 현상 공모가 있어서 도전해 보기로 했다. 당시 많은 관심을 끌었던 기독교적 실존주의 철학자 쇠렌 키르케고르(Søren Kierkegaard) 사상에 대해서 써보기로 했다. 서울대학교에서 청강했던 몇 과목의 철학 강의로는 철학에 대한 기초 지식이 너무 부족함을 느끼고 논문 제출은 포기했지만, 그것이 계기가 되어 철학에 대한 관심은 깊어졌다. 키르케고르의 『공포와 전율』, 『철학적 단편』 등은 나의 지적 호기심을 자극하기에 충분했다. 마침 반 틸 교수를 비롯한 여러 교수가 네덜란드 암스테르담자유대학교에서 창시된 기독교 철학에 영향을 받았기 때문에 나도 그 대학에 가서 철학을 공부하고 싶었다. 게다가 그 나라에서는 세계 어느 대학에든지 4년 이상 등록금을 바친 사람에게 등록금을 면제해 주어 학비 걱정도 없었다. 그래서 자유대학교 철학부에 지원했고 입학이 허가되었다. 결국 전공을 세 번째 바꾸게 된 셈이다.

가난한 나라의 여권이 서러웠다

비용이 상대적으로 싼 여객선을 타고 8일간 대서양을 건너 네덜란드에 도착하자마자 가난한 나라의 여권이 당하는 서러움을 맛보았다. 두 줄로 서서 입국 심사를 받는데 나에 대한 조사가 시작되자 그 줄은 완전히 정지되고 말았다. 입학 허가서도 있고 비자를 받았는데도 가난한 한국에서 왔기 때문에 돈 벌러 온 것으로 오해하는 듯했다. 유효 기간을 매년 연장해야 하고 한 나라밖에 여행할 수 없는 단수 여권이었으므로 유효 기간을 연장하거나 다른 나라를 여행할 때마다 대사관에 가서 허가를 받아야 했기 때문에 내 여권에는 수많은 도장이 찍혀 있었다. 그런데 입국 조사 관리가 그 모든 내용을 일일이 다 들여다보고 옮겨 적는 것 같았다. 수백

명 입국자 가운데 맨 꼴찌로 통과되었는데, 어떤 승객 하나가 "도대체 당신 여권이 어떻게 생겼기에 그렇게 자세히 조사하는지 그 여권 구경 좀 하자." 했다.

그런 서러움은 유럽 체류 8년간 반복되었다. 나라들이 가까이 붙어 있는 북유럽에서는 이웃 나라에 갈 일이 자주 있었는데 그때마다 파리에 있는 대사관에 여권을 보내 여행국 첨가 허가를 받아야 하고, 여행국 비자를 받아야 했으며, 국경에서는 왕복 모두 까다로운 조사를 받아야 했다. 단체 여행에서도 국경을 통과할 때마다 나 때문에 여행 버스가 기다려야 했다. 스위스에 가기 위해서는 독일을 통과해야 하는데 1967년 동백림 사건이 터지면서 평소에 요구하지 않던 통과 비자를 요구했다. 평소처럼 비자 없이 기차를 탔다가 독일 경찰에게 걸려 돌아갈 때는 비자를 받아 온다는 조건으로 여행을 계속할 수 있었다. 찾아간 제네바 주재 독일 영사는 여행자에게는 비자를 줄 수 없다고 버텼다. 한참 승강이를 벌이다가 그때 프랑스와는 비자 협정이 맺어졌다는 사실이 생각나서 나는 "좋소. 지금 당장 제네바 역에 가서 프랑스 통과로 기차표를 바꾸겠소." 하고 일어서 나왔다. 영사가 갑자기 비자를 주겠으니 다시 오라 했다. "아니요. 당신의 그 대단한 나라 비자, 난 필요 없소!" 큰소리치면서 나와버렸다. 그동안 비자 때문에 쌓인

울분이 터져 나온 것 같다. 그대로 기차표를 바꿨고 그 덕으로 프랑스와 벨기에 풍경도 즐길 수 있었다. 요즘 한국 여권이 세계 도처에서 우대를 받고 있다는 사실은 나에게는 눈물겹도록 감격스러울 수밖에 없다.

별로 솔직하지 못했던 영국 여행

1966년 여름 네덜란드에서 철학을 같이 공부하던 네덜란드인 친구 헨크 헬쯔마와 함께 영국 여행을 갔다. 이름만 여행이지 가난한 한국인과 노랑이 네덜란드인 2인조가 택한 방법은 숙식은 아는 사람들 집에서, 이동은 '구걸 무료 편승(hitchhike)'으로 해결하는 것이었다. 그런 이동 방법은 당시에는 흔했는데 젊은이들이 할 수 있는 방랑이었다.

처음 3~4일을 머문 곳은 옥스퍼드였다. 옥스퍼드대학의 철학 과목 조교(Tutor)로 있던 렉스 앰블러(Rex Ambler) 부부가 세 들어 사는 집이었다. 집주인인 학장 부부가 위층에 살았는데 마침 그들이 휴가를 떠나 큰 저택 전체를 자유롭게 쓸 수 있다면서 우리를 초청했다. 렉스는 몇 년 전 네덜란드에서 철학을 공부했기 때문에 헨크와도 잘 아는 사이였다.

거기서 우리는 학생들이 여름 더울 때는 반바지 위에 가운을 입고 강의를 듣는다든가, 낡은 전통을 어기면 라틴어로 사과문을 써야 한다든가 하는 옥스퍼드의 특이한 풍속들을 알게 되었고, 학생들이 제출한 철학 논문을 읽지도 않고 자격 미달이라고 던져버리면 월등하게 개선된 새 논문이 제출된다는 렉스의 경험담도 들었다. 그 방법은 나도 교수가 된 후에 박사학위 논문 지도에 효과적으로 써먹었다.

그러나 그런 잡담은 많이 하지 않았고, 유서 깊은 대학 건물 구경에 시간을 낭비하지도 않았다. 우리는 대부분의 시간을 열띤 토론으로 보냈다. 마침 우리 셋 모두 기독교인인 데다 특이하게도 신학을 먼저 공부한 다음에 철학 박사 과정을 밟고 있었기 때문에 우리의 토론은 자연히 신학과 철학에 집중되었다. 아직 젊었고 세상의 모든 문제를 이론적으로 다 해결할 수 있을 것처럼 야심으로 가득 차 있었기 때문에 토론이 격렬해질 수밖에 없었다. 먹고 자는 시간을 제외하고는 끝없이 지껄였다. 다만 매일 오후에는 그 집 가까이 있는 '논리로(Logic Lane)'란 철학적인 이름을 지닌 오솔길을 따라 산보했는데, 물론 거기서도 토론은 계속되었다.

그런데 문제가 생겼다. 바로 렉스의 부인 메리였다. 성격이 활달하고 말하기를 좋아해서 며칠을 무위도식하는 식객들이 전혀 부담을 느끼지 않게 배려해 줘서 고마웠다. 남편이 신학을 공부했고 자신도 독실한 기독교인이라 이런저런 기독교 서적을 많이 읽어서 일가견을 갖춘 아마추어 신학자가 되어 있었다. 그래서 우리가 신학적 주제로 토론을 시작하면 그 부인이 즉시, 그리고 반드시 끼어들었다. 한두 번 끼어들었다가 조금 지나면 주도하기 시작하고 한참 뒤엔 남자 셋이 그의 강의를 듣는 것으로 상황이 바뀌었다. 아무래도 아마추어니까 그의 주장이 심오하거나 새로울 수는 없었다. 우리 셋은 조금 지루해졌다.

그런 일이 몇 차례 반복되자 메리의 습관을 잘 아는 렉스는 메리가 동행하지 않는 논리로에서 해결책을 제시했다. 신학적 주제는 메리가 없을 때만 다루고, 메리가 같이 있으면 철학 문제만 건드리자는 것이었다. 우리 둘은 속으로는 전적으로 동의하면서도 그래도 괜찮겠느냐며 예의를 차렸고, 렉스는 전혀 문제없다고 했다. 그래서 논리로에서는 신학 문제, 집에서는 철학 문제에 대해서만 토론하기로 결정했다. 사실 '논리로'에서는 철학이 더 어울리는데도 불구하고…….

저녁 식사와 차를 마시고 렉스가 슬근슬근 철학 주제를 꺼내기 시작했다. 불가피하게 '선험적', '분석 판단', '개체 구조' 등 철학자들만 이해하는 용어들이 튀어나올 수밖에 없었다. 여느 때와 다름없이 토론의 열기가 더해갔지만 뜨개질을 하면서 끼어들 준비를 하고 있던 메리는 어디서 무슨 말로 시작해야 할지 알지 못했다. 한참 동안 남자들이 지껄이는 아브라카다브라(abracadabra)를 듣다가 마침내 꾸뻑꾸뻑 졸기 시작했다. 우리는 서로 눈짓하면서 소리 없이 웃었다. 그러나 어쩌다 신학 용어가 튀어나오면 메리는 반짝 깨어나서 당장 끼어들었다. 그러다가 이어지는 토론이 철학적이면 메리는 다시 졸았다.

어쨌든 사흘간 거의 주야로 토론했지만 아무 문제도 해결 못 했고 한 가지도 의견 일치를 보지 못한 채 가난한 조교 가정의 식량만 축냈다. 다시 구걸 무임 편승으로 그다음 무위도식할 웨일스의 애버리스트위스(Aberystwyth)에 가야 하는데 또다시 문제가 생겼다. 전날 밤 은행 강도 하나가 탈옥한 것이다. 방송에서 탈옥범에게는 무임 편승 외에 다른 이동 수단이 없으니 낯선 사람을 절대로 태워주지 말라고 운전자들에게 반복해서 경고했다. 그런데 다행히 그 강도는 신체가 건장한 백인이고 나는 왜소한 동양인이어서 우리 둘은 아무 어려움 없이 무임 편승을 할 수 있었다. 마침 북한이 그 전해 월드컵에서 준우승을 했고 내가 한국인이기 때문에 차 안에서는 축구 이야기를 많이 했다. 우리를 태워준 운전자가 입에 침이 마르도록 코리안 팀(Korean Team)을 칭찬하는 것이 나에게는 그리 나쁘게 들리지 않았다. 그래서 나는 구태여 남한과 북한은 다른 나라이고 거기다가 서로 적대 관계에 있다는 사실은 말해주지 않았다.

돌아와서 돌이켜보니 영국 여행은 즐겁고 유익했으나 별로 솔직하지는 못했던 것 같아 적잖이 미안했다. 그러나 다시 그런 상황에 처한다면 그때보다 더 솔직할 수 있을까 생각해 보니 자신이 생기지 않는다. 인간 세상에는 솔직할 수 없는 경우가 있게 마련인가 보다.

제대로 본 시험, 제대로 한 준비

1968년 여름 방학은 역사철학 시험 준비로 보냈다. 네덜란드 자유대학교 철학부의 박사 과정 동기생 산드르 흐리피운(Sander Griffioen)이 자기 집에서 방학을 보내며 역사철학 시험을 같이 준비하자 했다. 그가 사는 루넌은 페흐트강이 흐르는 작고 조용한 마을이었고, 그의 가족들은 하나같이 친절했다. 크지 않은 정원에는 고목들로 그늘이 드리워져 있었는데, 우리 둘은 그 밑에 안락의자를 놓고 앉아 해당 과목 지정 도서들을 같이 읽으며 새롭거나 흥미로운 대목에 대해서는 토론으로 많은 시간을 보냈다.

그때 그 나라 박사 과정의 모든 시험은 구두로 치러졌다. 학생이 준비되면 담당 교수께 연락해서 시험 시간과 장소를 결정하는데 대부분 교수 댁으로 정해졌다. 학생은 반드시 정장을 입어야 했고, 시험을 보기 전에 커피나 와인을 대접받았다. 시험 시간에 제한이 없어서 몇 시간 계속되거나 한 시간에 끝날 수도 있었다. 학생의 대답이 옳은 방향으로 가면 교수가 중단시키고 다음 질문으로 넘어가기 때문에, 필기시험에 비해 훨씬 많은 문제가 주어질 수 있어 학생의 진짜 실력이 제대로 드러나는 방식이었다. 시험이 끝나고 작별 인사를 할 때 교수가 성적을 알려주는데 "다시 한번 오게!" 하면 낙제, "충분해!" 하면 합격, "만족해!" 하면 좋은 성적, "매우 만족해!" 하면 최고 점수를 뜻했다.

우리 둘은 몇 주간 같이 먹고 자면서 열심히 읽고 많이 토론했다. 어느 정도 준비되었을 때 역사철학 담당 스미트 교수께 전화를 걸어 시간과 장소를 결정했다. 같이 오라고 하시기에 당일 우리는 정장 차림으로 먼 거리를 자전거를 타고 독신으로 사시는 교수님 댁에 갔다. 약속된 시간이 점심때라 가사도우미 할머니가 준비한 조촐하고 맛있는 식사를 대접받았다. 내가 먼 나라에서 온 유학생이고 산드르도 철학부에서 성실한 학생으로 알려져서인지 교수님은 우리를 특별 대우하시는 것 같았다.

식사가 끝나고 커피를 마시면서 우리는 이런저런 세상사 이야기를 나누었다. 그러다가 우리가 의식하지도 못한 채 역사의 의미 문제로 화제가 바뀌었다. 우리는 곧 차례로 시험을 볼 것이므로 그때까지는 별로 긴장하지 않고 우리 나름대로 생각나는 것들을 서슴없이 말했고 교수님도 마치 친구처럼 우리에게 자기 생각을 말해주셨다. 시험을 준비하며 토론한 것들이 많아서 우리 둘은 이것저것 꽤나 많이 떠들어 댄 것 같다. 교수님이 "자, 이제 시험 좀 볼까!" 하실 것으로 기대했는데 오히려 우리와 토론하는 것을 즐기시는 것 같았고, 점심 식사 때 마신 포도주 때문인지 우리는 시간 가는 줄도 모른 채 마음 놓고 유치한 생각까지 스스럼없이 털어놓았다.

얼마나 시간이 흘렀을까, 교수님이 갑자기 "자! 시험 다 끝났네. 자네들 둘 다 매우 만족스러워!" 하시는 것 아닌가? 시험이 곧 시작될 것으로 생각하고 있었는데 이미 시험이 끝났고 거기에다 최고 점수까지 주시겠다니 우리로선 놀랄 수밖에! 황송하고 감사해서 어쩔 줄을 몰랐다.

기분이 좋은 것은 말할 것도 없고 그런 방식으로 학생의 실력을 검증하신 스미트 교수가 놀랍게 느껴졌다. 아직까지 어느 누구도 그런 방식으로 시험을 치렀다는 말을 들어보지 못했고, 그 교수님이 다른 학생들을 그렇게 시험했다는 소문도 듣지 못했다. 그는 점잖고 조용한 분이었지 결코 헐렁한 분이 아니었다. 그 시대에 독신으로 남을 만큼 그의 성격은 깐깐했고 그의 감성은 예민했다. 그런 분으로부터 받은 최고 성적은 결코 불공정한 특혜는 아니었다. 아마도 커피 시간에 우리가 마음 놓고 떠들어 대는 것을 들으시고, 우리가 지정된 책들을 제대로 읽고 올바로 이해했을 뿐 아니라 역사철학에 대해 말이 되는 식견을 갖췄음을 확인하신 것 같았다. 같이 공부하면서 중요하거나 특이한 것이 있으면 책을 접어놓고 토론한 것이 역사철학에 대한 우리의 이해를 비교적 높은 수준으로 올려놓았음은 물론, 새로운 시각도 갖게 만든 것이 아닌가 한다. 어쨌든 그날 우리 셋이 모두 일치한 결론은 역사의 의미는 이론적 논의의 대상이 될 수 없다는 것이었는데, 그 결론보다는 그런 결론으로 이끈 우리의 논거가 교수님께 깊은 인상을 남겼던 것 같다.

나는 팔십 평생 공부하고 가르치면서 제자들을 시험하고 시험 보는 일을 수없이 반복했다. 그러나 그 어느 하나도 나 자신이나 수험생의 실력을 정확하고 공정하게 평가한 것 같지 않다. 만약 모든 교수가 그날의 스미트 교수처럼 학생들을 시험하고 모든 학생이 그 여름 우리가 한 것처럼 시험을 준비한다면, 우리 교육은 크게 달라지고 교육계는 훨씬 더 공평해지지 않을까 생각한다. 정말 제대로 된 시험이었고 제대로 한 시험 준비였다. 그리고 소크라테스가 왜 토론 방식으로 제자들을 가르쳤는지 확실히 이해시켜 준 경험이기도 했다.

친구들을 놀라게 한 '소포 결혼'

1970년 초에 성서유니온의 윤종하 총무님이 편지를 보냈다. 박성실 양과 결혼할 생각이 없느냐는 것이었다. 박 양은 윤 총무와 내가 다녔던 서울중앙교회 교인으로 연세대학교 재학생이었다. 내가 한국을 떠날 때는 경기여고 1학년이었는데 예쁘고 조용하며 온순했기 때문에 대부분의 남학생이 은근히 좋아했지만 본인은 초연했다. 나도 관심이 없지 않았으나 중·고등부 지도 교사였을 때 가르친 학생이었으니 내색을 할 수 없었고 이성으로 생각한다는 사실 자체가 쑥스러웠다. 그러고는 만나보지도, 소식을 듣지도 않은 채 8년이 흐른 것이다.

그때 나는 마음에 둔 다른 여성이 없었고 박 양이 어렸을 때

보여준 성격이나 그 어머니 장옥춘 권사님의 인품과 신앙을 고려해서 "부모님이 동의하시면" 결혼하겠다고 편지했다. 얼마 후 부모님의 동의를 얻었다는 소식을 듣고 결혼 절차에 들어갔다. 그때 나나 양가의 경제적 상황으로는 내가 한국에 나가서 결혼식을 치른 후 둘이 다시 네덜란드로 돌아올 만한 여유가 없었기 때문에 신부를 네덜란드로 불러 식을 올리기로 했다. 마치 신부를 주문해서 결혼하는 것 같다 해서 이를 두고 '소포 결혼'이라 했다.

100퍼센트 중매결혼이라 할 수는 없지만 8년이나 만나보지 못한 사람과 데이트 한번 하지 않고 결혼한다는 사실이 알려지자 친구들은 도무지 이해를 하지 못하겠다며 놀랐다. 『미래 사회』란 유명한 책을 쓰신 헨드릭 반 리센(Hendrik van Riessen) 교수는 편지까지 따로 보내 "자네가 그런 결정을 한 것은 하나님에 대한 신앙 때문일 것이다. 자네의 그 용기를 높이 평가한다."라고 하시기까지 했다.

어쨌든 '소포'는 무사히 도착했고 친구들도 나의 결정을 이해하는 것 같았다. 그 나라 제도에 따라 시청에서 이뤄진 공식 결혼식에서는 주례를 맡은 부시장이 영어로 주례사를 해주었고, 기숙사 근처 교회에서 드린 혼인 예배에는 한국 대사를 비롯해서 교민들 대부분, 코르넬리스 안토니 반 퍼슨(Cornelis

Antonie van Peursen) 교수 내외분, 그리고 함께 성경 공부를 했던 네덜란드, 미국, 캐나다, 영국 친구들이 모두 참석해서 비록 양가 부모님이나 친척들은 참석하지 못했지만 별로 외롭지 않았다. 주례는 그때 네덜란드에서 신학을 공부하시던 고 차영배 목사님(총신대학교 신학대학원 교수)이 맡아주셨는데 '남편에게 순종하라'는 제목으로 한국어로 한 시간, 네덜란드어로 한 시간 길게 하시는 바람에 하객들이 좀 고생했다. 다행히 그 나라에서는 신랑 신부가 결혼식에서 의자에 앉을 수 있었으므로 우리는 잘 견딜 수 있었다. 신부가 입은 한복과 축하연에 내놓은 한과도 인기를 끌었다. 이래저래 우리 결혼식은 친구들 사이에 흥미로운 화젯거리가 되었고, 새살림에 필요한 소품들은 그 나라의 특이한 결혼 축하 방식에 따라 잘 장만되었다.

어쨌든 연애하지 않고 결혼해도 아들딸 잘 낳고 50년이 훨씬 넘도록 서로 의지하며 행복하게 잘 살고 있으니, 하나님의 은혜에 크게 감사한다.

반 퍼슨 교수의 사랑을 받고 학위 논문을 쓰다

네덜란드어로 강의를 듣는 것은 쉽지 않았다. 조금이라도 정확히 들으려고 나는 늘 교수와 가장 가까운 자리에 앉았다. 인식론과 과학철학을 담당한 반 퍼슨 교수는 내 노트를 내려다보며 내가 강의 내용을 제대로 적지 못하면 다시 반복해 주셨고, 친구들이 "반 퍼슨 교수는 너만 위해 강의한다."라고 놀렸다.

그것이 인연이 되어서인지 아니면 그가 평소에 동양 학생에게 관심이 많아서인지, 반 퍼슨 교수는 나에게 특별히 친절하셨다. 그는 네덜란드뿐만 아니라 유럽 전체에 널리 알려진 철학 교수였기 때문에 나로서는 감읍할 수밖에 없었다. 그는 국립 라이덴(Leiden)대학교 철학부 교수이면서 자유대학교 철학부의 특임 교수로 인식론과 과학철학을 강의하셨다. 얼마 후 내가 도서관 담당 학생 조교로 근무하다 연구 조교로 진급하자 그는 나를 자신의 분야인 인식론과 과학철학 담당 조교로 임명하셨고, 박사 논문을 쓸 수 있는 자격시험에 합격(네덜란드에서는 그런 학생에게 Doctorandus, Drs.란 학위를 수여한다)했을 때는 나의 박사 논문 지도 교수가 되어주셨다. 연구 조교에서 그 때 그 나라에만 있었던 직위인 '학술 동역자(Wetenschappelijk Medewerker, 지금은 Universitair Docent로 미국 대학의 Assistant Professor와 동급)'로 다시 진급했으나, 학부 신입생 인식론 개론 강의 한 과목과 대학원 세미나 하나만 맡겼을 뿐 거의 대부분의 시간을 학위 논문 준비에 보낼 수 있도록 허용하셨다. 장학금보다 훨씬 많은 월급을 받고 학술 동역자 친구 헨크 헬쯔마(Henk Geertsema)와 커다란 연구실 하나를 통째로 쓸 수 있는 혜택을 누렸다.

매일 점심 식사 후에는 교정 앞 백양목이 줄지어 있는 오솔길을 따라 동료 헨크와 산보했는데, 그도 신학을 공부한 뒤에 철학으로 전공을 바꿨기 때문에 관심 분야가 비슷해서 마음이 통했다. 거기서 이뤄진 대화를 통해 서양인의 사고방식, 가치관, 편견 등을 속속들이 들여다볼 수 있었다. 이런 기회를 누릴 수 있었던 한국인 유학생은 많지 않을 것이다.

자유대학교에서 보낸 시간은 나의 일생에 가장 중요했고 행복했다. 돈 걱정 없이 마음껏 공부할 수 있었을 뿐 아니라, 평생 동안 가까이 교제하게 될 소중한 친구들을 만났다. 같이 박사 과정을 시작한 헬쯔마, 흐리피운, 슈클만은 확실한 개혁주의 신앙인으로 모두 훌륭한 박사 학위 논문을 썼고 대학교수가 되었으며, 슈클만은 상당 기간 그 나라 국회 상원 의원으로도 활동했다. 그들과 사귀면서 서양인의 사고방식, 행동 방식, 가치관 등을 잘 알 수 있었고, 신앙인의 순수한 경건이 어떤 것인가를 가까이서 보고 배웠다.

박사 논문은 기한이 정해져 있지 않아서 서두를 필요는 없었다. 하지만 유학 생활이 10년이나 되었기 때문에 나는 그 나라 친구들처럼 여유 있게 시간을 보내면서 만족스러운 논문을 쓸 수가 없었다. 그러나 나의 욕심은 컸다. 칸트, 후설, 비트겐슈타인(Ludwig Wittgenstein) 등 서양 철학의 세 거장이 가졌던 '학문으로서의 철학관'을 알아보고 비판해 보고 싶었다. 그러나 반 퍼슨 교수는 나의 야심을 누르며 비트겐슈타인을 빼라고 하셨다. 나는 너무 아까워서 기어코 '부록(excursus)' 형식으로 3쪽을 비트겐슈타인에 할애하는 고집을 부렸다. 그러나 어려운 독일어 책들을 읽는 것은 결코 쉽지 않았다. 어떤 부분은 아무리 애를 써도 논리적으로 맞지 않아 고민을 하고 있었는데 꿈에서 해결이 제시되었다. 벌떡 일어나 급하게 적어놓고 다시 잠들었는데, 아침에 일어나서 읽어보니 전혀 말이 되지 않았다. 제대로 써보려고 애를 많이 썼으나 만족스럽지 않았다.

논문을 거의 끝낼 때쯤 우연히 만난 논문 부심인 요한 반 델 후번(Johann van der Hoeven) 교수가 "너 혹시 쓰고 있는 논문을 불에 태워버리고 싶지 않니?" 하고 물었다. 나는 깜짝 놀라서 "내 마음을 어떻게 그리 정확하게 아십니까?" 하고 물었다. "걱정 마. 나도 그랬어!" 했다. 라이덴대학교 철학부에 제출했던 그의 학위 논문은 최우수 성적(summa cum laude)을 받은 것으로 알려졌는데, 그도 그렇게 느꼈다 하니 용기를 얻어 감히 논문을 제출했고 예비 심사 위원회를 통과했다.

예비 심사에 합격한 사람은 한 시간 동안 총장과 대학 위원들(Senate)이 참석한 가운데 심사 위원 이외 교수들의 질문에 대답해 그 위원회로부터 합격 판정을 받아야 했는데, 주네덜란드 한국 대사를 비롯하여 교민들 수십 명과 친구들 앞에서 교수들의 질문에 대답하느라 진땀을 흘렸다.

총장이 합격을 공포한 뒤 반 퍼슨 교수는 "손 박사님, 축하합니다."로 시작되는 축사를 한국어로 해서 모두를 놀라게 했다. 네덜란드어로 쓴 축사를 한국인에게 부탁해서 한국어로 번역하고 그 발음을 네덜란드 글자로 표시해서 밤새 연습하고 읽으신 것이다. 그분의 추천으로 네덜란드 학술원의 보조를 받아 그 논문은 학술 서적으로 출판되었고, 독일어·프랑스어 철학 학술지의 서평도 받고 전 세계 대학 도서관에 비치되었다.

며칠 후 친구들과 지인들을 초청해 감사 식사 대접을 하는 자리에서 나는 "지금 나에게는 딱 한 가지 말만 생각납니다. '은혜'란 말입니다."라고 했다. 100달러를 가지고 한국을 떠났는데 10년 뒤 박사 학위, 아내와 아들을 얻었으니 은혜가 아니고 무엇이겠는가?

학위를 받자마자 나는 귀국을 서둘렀다. 그대로 머물면 학술 동역자로 계속 일할 수 있었고, 한국 교수보다 훨씬 많은 월급을 받을 수 있었다. 한국 대사를 비롯해 교민들 모두가 귀국을 만류했다. 다만 대사관의 신효헌 서기관만 "귀국하셔야지요!" 했다. 그는 후에 호주 대사를 역임한 훌륭한 외교관으로 신실한 그리스도인이었다. 역시 신앙인의 시각이 다르다는 것을 느꼈다. 마침 한국외국어대학교에서 네덜란드어과에 교수가 필요하다고 해서 취임하고 네덜란드어와 철학 부전공 강의를 하게 되었다.

제3부 시민과 함께하다

장애인 운동에 가담하다

내가 귀국한 1973년에는 한국 지성 사회가 민주화와 인권 운동으로 뜨거웠다. 적어도 지식인이라면 우리 사회에서 가장 소외된 민중들의 권리 회복과 옹호에 앞장서야 한다는 분위기가 넘쳐흘렀고 노동자, 농민, 도시 빈민이 가장 고통받는 사람들로 분류되었다.

나는 1960~1970년대 유럽과 미국의 '민주 사회를 위한 학생운동(Students for Democratic Society)'이 주도한 반자본주의 운동이 격렬하게 벌어지는 것을 목격했고 그 이론적 배경으로 작용한 허버트 마르쿠제(Herbert Marcuse)의 『일차원적 인간』을 탐독하여 그에 대한 논문도 한 편 썼다. 그래서인지 한국 지성 사회의 움직임이 새롭게 느껴지지 않았다. 그리고 한국에서 고통을 가장 많이 겪는 사람들이 과연 노동자, 농민, 도시 빈민인지 의심이 생겼다. 나는 그들보다는 장애인들이 더 많은 고통과 차별 대우를 받고 있다고 판단했다. 가족, 친척, 친구 가운데 장애인이 있는 것도 아니고 동정심도 많지 않았으나 냉정하게 따져보니 그런 결론이 났다. 당시 한국에는 장애인에 대한 복지가 전무했고, 장애인에 대한 국민의 인식은 원시적이었다. 집안에 장애인이 있다는 것을 가문의 수치로 여길 정도였다. 서울영동교회에서 장애 아동을 위한 주일학교인 사랑부를 신설하고 교사들이 장애 아동이 있는 집에 찾아가면 부모들이 자기들 집에는 그런 아이가 없다고 했을 정도였다.

그래서 한국외대 기독 교수들과 함께 장애인을 돌보는 단체들을 찾아다녔는데 상황이 열악하기가 짝이 없었다. 얼마 후 강사로 나간 총신대에서 내 강의를 들은 학생 가운데 시각 장애인 유재서(총신대 직전 총장)와 그의 동료 정형석(밀알복지재단 상임 이사), 강원호, 정택정, 유원식(국제기아대책기구 회장) 등이 1979년 장애인 선교와 복지, 장애인에 대한 인식 개선을 목적으로 하는 '밀알'이란 단체를 만들면서 나에게 고문이 되어달라고 요청했다. 그렇게 시작한 밀알 활동은 세계밀알연합회, 밀알복지법인, 밀알선교단 이사장을 역임하는 등 강의 다음으로 나의 일생에서 가장 많은 시간과 정력을 쏟은 사역이 되고 말았다.

가장 기억에 남는 사건은 밀알복지법인 이사장으로 있던 1996년에 한, 자폐 아동을 위한 밀알학교 설립이었다. 장애아 특수 학교를 기피 시설로 간주해서 구청장은 건축 허가를 내주지 않았고 마침 법이 바뀌어 허가를 받았으나 이번에는 지역 주민들이 건설 공사를 심하게 방해했다. 주민 대표들이 여러 번 내 연구실에 쳐들어와서 회유, 협박, 저주를 반복했고 명예 훼손으로 고발해서 검찰의 조사도 받았다. 자원봉사를 해준 김앤장법률사무소 소속 김주영 변호사가 공사 방해 중지 가처분을 신청해 승소하면서 간신히 건축을 마칠 수 있었는데, 그 판결은 장애인 시설에 대한 집단 반대 현상과 관련한 첫 재판으로 큰 일간지들이 사설에서 중요하게 다뤘다. 감사하게도 지금은 주민들이 밀알학교에 자원봉사를 할 정도로 관계가 회복되었고 밀알학교는 한국에서 가장 모범적인 특수 학교로 인정받았다.

장애인 권익 보호 활동은 나로 하여금 인간의 고통에 좀 더 관심을 갖게 해서 1995년에 『고통받는 인간』이란 철학책을 썼다. 책 광고를 하지 않는 서울대학교출판문화원에서 2023년에 13쇄를 냈다. 고통 문제에 대해서 생각하는 사람들이 적지 않은 것 같다. 2023년에는 13억 원 정도의 가치를 가진 아파트 하나를 '장애인 권익 기금'의 종자돈으로 밀알복지법인에 기부했다.

나는 행복한 사람을 더 행복하게 하는 것보다는 고통받는 사람의 고통을 조금이라도 줄여주는 것이 예수님이 가르친 아가페의 특징이라고 믿는다. 예수님이 건강한 사람이 아니라 병든 사람을 위해 오셨다고 하신 데에서도 그것을 알 수 있다. 억울하게 고통받는 사람이 많지만 장애인이 대표적이 아닌가 한다. 그러므로 장애인을 위한 활동은 나의 삶을 좀 더 가치 있게 만든다 믿고, 부족하지만 그들을 섬길 수 있어 감사해한다.

어느 장관의 통쾌한 욕설

밀알학교를 개교하면 그것으로 끝날 줄 알았더니 또 하나의 큰 산이 버티고 있었다. 공사 지연 등으로 진 은행 빚을 갚아야 하는 문제가 생긴 것이다. 남서울은혜교회가 예배당 짓기 위해 모은 돈을 몽땅 다 바치고 재단도 모금 운동을 열심히 펼쳤지만 23억 원이란 거금을 마련할 길이 막막했다.

바로 그때 어떤 분이 경우에 따라서는 교육부 장관이 재정 문제가 심각한 교육 기관을 도와주는 제도가 있다고 알려주었다. 당시 교육부 장관이었던 한완상 교수는 평소에도 사회적 약자에 대해 관심을 많이 보인 분이라 곧장 찾아가서 12억 원만 도와달라고 호소했더니 3억 원을 돕겠다고 약속했다. 턱

없이 부족했지만 그것도 적지 않은 돈이라 감사할 수밖에 없었다. 그러나 며칠 되지 않아 장관 교체가 이뤄져 그 3억 원도 받지 못했다. 남서울은혜교회 홍정길 목사와 나는 또다시 새로 부임한 이명현 교육부 장관에게 찾아가서 12억 원만 도와달라고 호소할 수밖에 없었다. 자초지종을 들은 이 장관은 고려해 보겠다고 했다.

얼마 후 담당 국장으로부터 전화가 왔다. 장관께서 파격적인 결단을 내렸다면서 상황을 자세히 알려주었다. 긍정적으로 배려하라는 장관의 지시도 있고 해서, 우리가 신청한 12억 원을 그대로 후원하는 것을 골자로 서류를 만들어 장관 결재를 받으러 갔다고 한다. 장관이 밀알학교가 진 빚이 얼마라 하더냐 하고 묻기에 23억 원이라 했더니 장관이 자기 손으로 '12억 원'을 지우고 그 옆에 '23억 원'이라고 고쳐 썼다는 것이다. 그 소식을 들은 우리가 감사하고 흥분한 것은 말할 것도 없다. 지원금으로 빚을 갚자마자 그 무서운 1998년의 IMF 금융 위기가 들이닥쳤다. 만약 이 장관의 그런 파격적인 후원이 없었더라면 원금은커녕 엄청나게 치솟은 이자 때문에 재단은 부도를 냈을 것이고, 지금 우리나라에서 가장 모범적으로 운영되는 것으로 인정받는 밀알학교는 없어졌거나 전혀 다른 모습의 학교가 되고 말았을 것이다.

이명현 장관은 나의 대학 시절 단짝이었던 이명섭 성균관대 명예 교수의 동생이고, 한국철학회에서 같이 활동했던 터라 서로 잘 알고 믿는 사이였다. 바로 그런 관계 때문에 그의 파격적인 결단이 나에게는 오히려 걱정거리가 되었다. 혹시 어떤 정치인이나 밀알학교를 질시하는 사람이 이 장관의 결단이 우리의 친근한 관계 때문이 아니냐고 시비를 걸 수 있기 때문이다. 그래서 나는 이 장관을 만나 그런 우려를 표현했다. 하지만 이 장관은 조금 화가 난 음성으로 "어느 'gsgg'가 장애인 학교 도운 것을 문제 삼겠습니까?" 했다.

나는 평소에 욕을 하지 않고, 욕하는 사람을 높이 평가하지 않는다. 그러나 그때 이 장관의 욕설은 정말 통쾌했다. 물론 아무도 그것을 문제 삼지 않았기 때문에 아무도 그 욕을 먹지 않았고, 앞으로도 그런 gsgg는 없을 것이다. 들을 대상이 없는 욕은 욕이라 할 수 없고, 욕먹을 짓을 한 사람은 욕을 먹는 것이 당연하다. 정의로운 욕은 해도, 들어도 통쾌하다.

『정의론』이란 유명한 책을 쓴 철학자 존 롤스(John Rawls)는 "최소 수혜자의 최대 이익"을 보장하는 것도 정의라 했다. 고아, 과부, 나그네를 특별히 돌보라는 성경의 가르침은 그런 정의의 구체적인 실천 방안이다. 1990년대에는 장애 어린이들을 위한 특수 학교가 턱없이 부족했다. 장애를 가진 것도 서러운데 교육받을 기본권도 누리지 못한 것이다. 그러므로 특수 학교를 위한 파격은 특혜가 아니라 정의의 회복이다.

이 장관은 나보다 더 가난하게 자랐다. 나도 고등학교 때부터 대학원까지 차별 대우를 참아가며 고학했지만, 이 장관은 밥벌이를 하느라 중고등학교도 다니지 못했고 검정고시를 거쳐 서울대학교에 합격했다. 그래서 그는 가난한 사람, 장애인 등 약자들의 설움이 어떤 것인지를 나보다 더 뼈저리게 체험했다. 그의 파격적인 결단과 gsgg란 욕설은 그런 체험과 정의감의 발로였다. 밀알학교는 우연한 수혜자였을 뿐, 이 장관은 부산에도 특수 학교를 두 곳이나 세우게 하고 재정적으로 지원했다. 그런 사실을 그는 자기 자서전에 언급하지 않았는데 교육부 장관의 마땅한 임무라고 생각했기 때문일 것이다. 나는 모든 정치인과 공무원이 정의를 위하여 필요하면 이 장관처럼 파격적으로 결단하고, 통쾌하게 느낄 수 있는 욕은 해도 된다고 생각한다. 그리고 그 욕을 듣고 통쾌하게 느낀 나도 전혀 부끄럽지 않다.

경사로

우리 부부가 지금 살고 있는 집에는 대부분의 일반 주택에 없는 것이 하나 있다. 경사로(傾斜路)란 것이다. 마당에서부터 거실, 서재, 부엌, 화장실은 물론 정원까지 휠체어를 타고 들어갈 수 있도록 계단과 문턱을 모두 없애 버린 비탈길이다.

2003년에 이 집을 지을 때 우리 가족이나 친족 가운데 휠체어를 타는 사람은 아무도 없었다. 그런데도 경사로를 만든 것은 그때 내가 장애인 권익 보호 운동을 하고 있었기 때문이다.

내가 장애인의 권익에 관심을 갖게 된 것은 동정심이 많아서가 아니었다. 철학을 전공하기로 예정이나 된 것처럼 나는 냉정한 천성을 가지고 태어났다. 이미 어렸을 때 어머니께서

정이 너무 없는 놈이라고 나무라셨다. 따지기는 잘하지만 느끼는 것에는 둔하다. 그래서 수필에도 서정적인 내용이 거의 없다. 장애인 권익 운동도 장애인이 불쌍해서가 아니라 따져 보니 해야 하겠기에 시작한 것이다. 칸트는 감정이 아니라 의무감에 의한 행동만이 도덕적이라고 주장했는데, 살아 있었다면 나를 매우 도덕적이라 했을 것이다. 나중에 안 사실이지만, 장애인들도 동정심보다는 의무감에 따른 도움을 선호한다.

1973년 유학을 끝내고 귀국해 보니 한국의 지성계는 진보적 사회 운동으로 들끓었다. 노동자, 농민, 도시 빈민이 가장 착취당하고 가장 고통당하므로 그들의 권익을 보호하는 것이 정의를 위한 지성인의 임무라고 외쳤다. '과연 그런가?' 의문이 생겼다. 대충 살펴봐도 한국에는 노동자, 농민, 도시 빈민보다 장애인들이 훨씬 더 큰 고통을 당하고 있었다. 장애인에 비해 노동자, 농민, 도시 빈민은 훨씬 더 유리한 처지에 있는데도 그들의 권익 옹호만 외치는 것은 이념 때문이라고 판단했다. 그래서 나는 힘은 없었지만 장애인 권익 보호와 장애인에 대한 인식 개선 운동을 펼치기로 마음먹었다.

그때 장애인을 위해서 내가 할 수 있는 일은 장애인에 대한 사람들의 잘못된 생각을 고치는 것이었다. 칼럼, 방송, 강연 등 기회가 있는 대로 장애인에 대한 낡은 인식을 바꾸자고 주장했다. 한때 KBS에 〈인간 가족〉이란 프로그램이 있었는데, 한 번은 잘나가고 있는 나의 코멘트에 담당 PD가 제동을 걸었다. "교수님, 이제 장애인 이야기 좀 그만하세요."라고 했다. 장애인을 너무 자주 언급한 것이다. 복지 법인 이사장으로 주민들의 거센 반대와 싸우면서 자폐 아동을 위한 특수 학교를 설립하고, 총리와 장관 및 대통령 비서실장과 수석 전원 앞에서 말할 기회가 있어, 장애인을 보호하지 못하는 국가는 자격 미달이라고 역설하기도 했다.

장애인들의 이동권 보장 운동도 그 일환이었다. 그때 지하철역에는 승강기가 없었고 휠체어를 타고 버스에 오르는 것은 상상도 못 했다. 장애인 이동이 얼마나 어려운가를 정부와 시민들에게 알리고자 휠체어를 타고 명동에서 대학로까지 가는 퍼포먼스 연출에도 가담했다. 장애인이 탄 휠체어를 청년들이 들고 지하철 계단을 오르내리거나, 좁은 버스 문으로 들어 올리고 내리는 것은 보기만 해도 힘들었다. 다니던 교회에서는 거금을 들여 장애인용 승강기를 설치하기도 했다.

바로 그런 상황에서 새집을 지었으니 경사로를 내는 것이 별로 특별하지 않았다. 정부와 사회에는 장애인 이동권을 보장하라고 요구하면서 자기 집에는 휠체어도 못 다니게 하는 것은 위선이라 생각했다. 마침 설계를 해준 분이 우리나라에서 장애인 건축의 최초요, 최고 전문가인 강병근 교수였기 때문에 서로 뜻이 맞아 어렵지 않게 나무판자(데크)로 경사로를 만들었다.

그렇게 해서 만든 경사로는 아쉽게도 지난 17년간 한 번도 본래의 목적대로 이용된 적이 없다. 내가 초청하지 않아서인지, 휠체어 장애인은 한 분도 우리 집을 방문하지 않은 것이다. 내가 출석하는 교회의 장애인들은 여러 번 다녀갔지만 그들은 모두 청각 장애인이다.

상당한 액수의 추가 비용을 들여 만들었는데 경사로가 제 구실을 못 했으니 완전한 낭비일 수 있다. 그런데 시간이 흘러 우리 부부가 노인이 되고 보니 만들 때는 상상도 못 했던 효용성이 드러나기 시작한다. 무거운 짐을 옮기는 데 이 경사로가 얼마나 요긴한지! 바퀴 달린 여행 가방을 방 안에서 가득 채워 차가 있는 마당으로 끌고 가는 것이 전혀 힘들지 않다. 정원에서 전지한 나뭇가지나 깎은 잔디를 바퀴 달린 손수레에 가득 싣고 쓰레기장으로 옮기는 것도 어렵지 않다. 바퀴는 인류의 최대 발명품이고, 경사로는 그의 필수적인 동반자란 사실이 절실하게 느껴진다.

문턱을 없앤 것도 기대하지 못했던 덤이다. 노인이라 발을 높이 들지 못하고 걷는데 문턱이 없으니 걸려 넘어질 위험이 줄었다. 장애인을 위해 만든 경사로가 이렇게 좋은 노후 대책이 될 줄 어찌 알았으랴!

젊었을 때 미리 따지길 잘한 것 같다.

작은 능력으로 많은 고통을 줄이는 비결

내가 누린 특권들 가운데 하나는 세계 많은 지역을 방문한 것이다. 단순히 여행을 위한 여행은 거의 해보지 않았다. 모두 학회 참석, 강의와 특강, 집회, 방송 등을 위해서였고 선교와 구제를 위해 여행하기도 했다. 선교와 구제 때문에 간 곳은 우간다, 몽골, 페루, 에콰도르, 카자흐스탄, 말라위, 탄자니아, 캄보디아같이 비교적 가난한 나라들이고 브라질, 아르헨티나에도 가봤다.

말라위는 세계 최빈국 가운데 하나로 내가 가장 많은 관심을 가진 나라다. 거기에 내 이름이 붙은 건물이 하나 있다. 1990년대 이화여대 간호대 학장과 서울사이버대학 총장을 역임한 고 김수지 박사가 그 나라에서 간호사 양성 봉사를 하고 있을 때 구호 활동에 쓰라고 2000만 원을 보낸 일이 있다. 그 돈으로 김 박사는 장애인들을 위한 건물을 하나 짓고는 나와 의논도 하지 않고 'SON BONG HO HALL'(손봉호홀)이란 이름을 붙였다. 큰 방이 네댓 개나 되는 꽤 큰 건물로 장애인 작업, 주간 보호, 성경 공부 등 30여 가지 활동이 밀알복지법인 선교사의 관리 아래 이뤄지고 있다. 지붕에 태양광 발전 시설을 설치해 코로나19 팬데믹 기간에는 장애인들이 재봉틀을 이용하여 마스크를 만들어서 전국에 판매했는데 한국 돈 1억 원의 소득을 올렸다 한다.

그리고 2016년에 받은 '민세상(民世賞)' 수상금 2000만 원 가운데 500만 원은 그 장애인 건물 부엌 설치를 위해서 보내고 나머지 1500만 원은 국제기아대책기구를 통해 말라위의 한 초등학교에 보냈다. 그것으로 맨땅에 앉아 공부하던 학생 570명이 처음으로 책걸상을 갖게 되었다. 그 책상이 들어오는 날, 마을에선 축제가 열렸다 한다.

2013년에 말라위에 가서 장애인 센터 준공식에 참석하고 가난한 나라의 장애인들이 당하는 참혹한 고통을 보고 왔다. 치료만 받으면 얼마든지 고칠 수 있는데도 병원이 없거나 돈이 없어서 장애인이 된 사람들이 무수했고, 장애가 있기 때문에 더 가난해지는 악순환이 반복되었다. 모든 나라의 장애인이 다 불편하지만 가난한 지역의 장애인은 정말 비참했다.

말라위의 경험은 많은 것을 깨닫게 해주었다. 고통에도 정도가 있으므로 고통을 가장 많이 당하는 사람부터 도와야 한다는 것과 같은 액수의 돈, 같은 정도의 능력이라도 가난한 나라에서 그 효용성이 훨씬 크다는 것이다. 한국에서는 2000만 원으로 땅 한 평 사기도 어렵지만 말라위에서는 큰 건물을 지어 수많은 장애인을 돌볼 수 있으며, 1500만 원으로 570명의 학생이 책걸상을 가질 수 있다. 구제를 하되 적은 액수로라도 가능한 한 많은 사람의 많은 고통을 줄여야 한다는 결론을 내렸다.

2018년에는 서울대로부터 받은 사회봉사상 2000만 원을 북한에 보냈다. 그 액수로 1200가구의 6개월분 식량을 구입할 수 있다고 들었다. 넉넉한 지역, 부유한 사람이 조금 절약하면 가난한 나라, 약한 사람에게 큰 이익을 줄 수 있으므로 한국인의 절약은 도덕적 의무이며 모든 사치는 범죄라고 믿게 되었다.

서울영동교회를 개척하다

1976년 초 어느 날 《경향신문》 편집국장을 역임하신 김경래 장로님이 만나자 하셨다. 개발이 한창이던 서울 영동 지역에 지식인들을 위한 교회를 개척하려는데 사례비는 없지만 내가 신학을 공부했으니 설교를 좀 맡아달라 했다. 미국 성도들의 헌금으로 신학을 공부한 나는 마음의 빚이 있어서 담임 목회자를 모실 때까지 6개월만 설교하기로 약속했다. 그렇게 김 장로님이 다니셨던 홍천교회 성도들 몇 분과 한양대 산부인과 이재억 박사 부부와 함께 시작한 것이 서울영동교회다.

한국 교회에 고쳐야 할 것이 많았는데 기성 교회에서는 기득권층의 저항이 크므로 새로 시작할 때가 개혁의 적기였다.

그래서 예배당 장식 않기, 다른 교회 교인 빼오지 않기, 장로 장립(將立) 때 축의금과 선물 주고받지 않기, 피택 장로에게 거액 헌금 요구 않기, 헌금의 절반 이상을 외부로 내보내기 등을 시행했고, 교인 다수의 반대에도 불구하고 잠자리채를 헌금 궤로 바꿨으며, 장로들이 주기적으로 재신임받도록 했다. 내가 설교를 맡아 봉사한 동안에는 냉방기를 설치하지 않았고, 약한 교회들이 서럽지 않도록 전자 오르간을 구입하지 않았다.

교회가 활발하게 성장하던 때였고 개혁 노력이 좋아서인지 교인 수가 급격하게 늘었다. 예배당을 건축하게 되었을 때 나는 300명 이상 수용할 수 없게 짓자고 주장했으나 다수가 반대해서 500명 정도만 수용할 수 있게 신축했고, 그 이상이 되면 분립하기로 했다. 그리고 1990년에 교인 100여 명이 분립해 한영외고 강당에서 한영교회를 시작했는데, 우리나라에서 학교 강당을 이용한 첫 사례가 되었다. 지금은 배재고등학교로 옮겨 빛소금교회로 개명했지만 자체 건물을 갖지 않는 정책은 잘 유지하고 있다. 1982년에 박은조 담임 목사가 취임했는데 그 뒤에도 서울영동교회는 일원동교회, 샘물교회, 배곧영동교회 등을 계속 분립 개척했고 그 교회들이 또다시 분립 개척해서 10여 개의 형제 교회가 설립되었다. 지도자 양성에 힘을 기울여 박은조 목사, 김낙춘 목사 등 교역자들과 신학생들 상당수를 유학시켜 지금 고신대 신학대학원에는 서울영동 형제 교회 출신 교수가 셋이나 된다.

한국 교회 개혁을 어느 정도 선도했고 기독교 시민운동에도 적잖이 공헌했다. 기독교윤리실천운동의 산파, 밀알선교단의 보모, 샘물호스피스의 산모 역할을 잘 감당해 주었고 지금도 그들을 열심히 돕고 있다. 정현구 현 담임 목사(2024년 11월 은퇴)도 희년선교회 이사장과 기독교윤리실천운동 공동 대표로 섬기고 있다. 카자흐스탄에 아담한 병원을 설립하여 자립시켰고, 정유근 장로가 말라위에 세운 대양누가병원을 열심히 돕고 있다. 아직까지는 처음의 순수성을 잘 유지하고 있다.

나는 1990년에 분립할 때 같이 나가서 한영교회에 협동 설교자로 돕다가 지금은 그 교회가 다시 분립시킨 다니엘새시대교회에 출석하면서 그 교회와 형제 교회들에서 간헐적으로 설교한다. 서울영동교회는 나의 삶에서 가장 가치 있는 사역장 가운데 하나였고, 내가 일으킨 여러 공익 활동을 뒷받침해 주어 늘 빚진 마음으로 감사하고 있다.

기독교윤리실천운동을 시작하다

1980년대 한국의 대학들은 반정부 시위로 날을 새웠다. 그런 상황에서 정의감이 예민한 복음주의 교회 소속 학생들의 처지가 난처해졌다. 시위에 참여해야 하는데 대부분의 교회가 찬동하지 않았기 때문이었다. 기독 학생 동아리 지도 교수들의 입장은 더더욱 난처했다. 서울대 교수 성경 공부 모임에서 참석자들이 이 문제를 두고 고심하던 끝에 윤리실천운동을 시작하기로 결의했다. 정부와 사회 불의에 대해서 비판하려면 비판하는 쪽이 도덕적으로 떳떳해야 하는데 한국 기독교는 그만한 권위가 없었다고 판단했다. 비판하기 전에 우리부터 먼저 바로 서야 한다고 생각한 것이다.

우선 취지문을 초안해서 기독 교수들과 학생들의 의견을 수

렴한 뒤에 여러 번 수정하고 장기려, 이세중, 이만열, 김인수 등 도덕적으로 큰 흠이 없는 교계 평신도 지도자들의 동참을 받아 1987년 기독교윤리실천운동(이하 기윤실)을 출범시켰다. 정직과 절제를 특별히 강조했고, 많은 성도가 호응해서 한때는 전국에 10여 개 지부가 조직되어 활동했다.

정직 외에도 작은 차 타기, 자원과 에너지 절약, 정직 납세, 투명 경영 등 개인의 윤리적 삶을 독려했지만 동시에 음란 폭력물 퇴치, 공명선거 운동 등 사회 운동도 같이 벌였다. 진보 쪽 교계에서는 오래전부터 사회 문제에 깊이 간여했고 민주화에도 공헌했지만, 복음주의 쪽 NGO는 기윤실이 처음이었다.

한번 만들어지니 교계 젊은이들이 다양한 문제들에 대한 기독교 운동을 제안했다. 교육계를 정화하자는 기독 교사 모임, 법조계의 기독교 문화를 위한 법률가 모임, 교회 부정을 고치자는 교회 개혁 모임 등이 조직되었다. 기윤실이 이 모든 운동을 다 수행할 수 없으므로 그들을 주축으로 좋은교사운동, 기독변호사모임(CLF), 교회개혁실천연대, 성서한국 등이 태동되도록 도왔다. 지금도 이들은 서로 교류하면서 여러 행사를 같이하고 있다.

나는 처음 얼마 동안 실무 책임자란 이름으로 기윤실을 이끌다가 고 김인수 교수와 함께 공동 대표로 섬겼다. 1999년에 우리는 운동의 책임을 다음 세대에 넘기기로 결정하고 물러난 후 지금은 자문에만 응할 뿐 가능한 한 간섭하려 하지 않는다.

최근 한 모임에서 나는 기윤실 운동은 실패했다고 말했다. 35년 이상 정직 운동을 했지만 한국 교회가 그때보다 더 정직해졌다고 할 수 없고, 오히려 사회로부터 더 큰 질책을 받고 있기 때문이다. 기윤실 활동이 부족해서가 아니라 개인과 집단이 정직해지는 것이 지극히 어렵기 때문이다. 그런데도 불구하고 기윤실 운동은 계속되어야 한다고 주장했다. 나는 그런 입장을 '선지자적 비관주의'라고 부른다. 이사야, 예레미야, 에스겔 등 선지자들은 이스라엘 백성이 회개하지 않을 것을 알았으면서도 열심히 회개를 외쳤다. 기윤실 운동은 실패했고 성공할 가능성도 크지 않지만 그래도 계속하는 것이 의무라고 생각한다.

시민운동에 뛰어들다

6월 항쟁 등으로 1987년 대통령 직선제가 결정되자 사회 문제에 대한 시민들의 관심이 민주화운동에서 시민운동으로 바뀌었다. 반정부 항쟁은 불가피하게 준법 문제를 야기해서 복음주의 기독교인들이 적극적인 참여를 주저했는데 시민운동에는 그런 문제가 없으므로 쉽게 동참할 수 있었다. 나의 진로를 바꾸게 했던 군대의 부패와 그것을 조금이라도 줄여야 하겠다는 그때의 결심이 다시 살아났다. 기윤실이 출범한 지 2년 후에 서경석 목사가 주도한 경제정의실천시민운동(이하 경실련) 창립에 동참해서 중앙 위원회 회장을 거쳐 제2대 공동 대표로 섬겼다.

경실련은 민주화 이후 처음으로 시작된 본격적인 NGO로 시민들의 호응을 많이 받았고 사회 개혁에 크게 공헌했다. 부동산 투기 억제를 위해 토지 공개념을 도입하여 확산시켰고, 금융 실명제 실시를 주장해서 김영삼 대통령의 결단으로 이뤄졌다. 이는 일본에는 아직도 없는 제도로, 공직자 재산 공개와 함께 한국 사회의 부패를 방지하는 데 큰 역할을 했다. 김영삼 대통령의 큰 공헌이었지만 동시에 경실련의 중요한 결실이었다.

그러나 시민운동 참여로 얻은 가장 큰 보람은 공명선거운동에서였다. 1991년에 한경직·김준곤 목사 등을 모시고 '공명선거기독교대책위원회(공선기위)'를 조직했고 1992년에 기윤실, 경실련, YMCA, YWCA, 흥사단 등의 NGO들로 구성된 '공명선거시민운동협의회(이하 공선협)'를 결성하여 집행 위원장으로 활동하다가 얼마 후에 상임 공동 대표가 되어 10년 이상 활동했다.

선거 부정 고발, 투표 참여 등의 캠페인으로 불법을 막으려 노력했고 무엇보다도 잘못된 선거 제도를 바꾸는 데 기여했다. 주요한 성과 중 하나는 선거 부정의 원흉이라 할 수 있었던 군 부재자 투표를 선관위 감시하에 영외에서 실시하도록 선거법을 바꾼 것이었다. 국방부 장관과 큰 소리로 논쟁을 벌였고 장군들의 무마 노력을 물리치면서 끈질기게 노력한 결과, 마침내 선거법이 개정되어 부정 선거의 전형 하나를 제거했다. 또 하나는 대통령 선거 유세를 TV 토론으로 대체한 것이다. 그때는 후보자들이 경쟁적으로 세를 과시하느라 일당을 주고 전국에서 수많은 사람을 버스로 실어 서울에 모아놓고 대규모 집회를 열었는데 거기에 천문학적 액수의 비용이 들어갔다. 불법으로 모은 돈일 수밖에 없었고 엄청난 낭비였다. 우리는 TV가 많이 보급되었으므로 대중 유세를 TV 토론으로 대체하자고 정당들에 제안하고 의원들을 설득했다. 나는 김대중 전 대통령이 당수였던 야당 로비를 맡았는데 당사에 찾아가서 오히려 큰 환영을 받았다. 결국 제도가 바뀌어 TV 토론이 정착되었다.

어느 날 청와대에서 공명선거에 공헌했으니 훈장을 주겠다는 연락이 왔다. 나 혼자 한 것이 아니므로 사양하고 공선협에 주라고 했으나 단체는 훈장 서훈 대상이 아니어서 대통령 표창으로 바뀌었다. 그 뒤에도 몇 가지 개선이 이뤄져 우리 선거는 세계 어느 선진국에도 뒤지지 않을 만큼 공명해졌다. 민주주의는 부패 방지에 필수적이고, 선거가 공명해야 민주주의가 제대로 작동하므로 이에 공헌한 것은 나에게 큰 보람이다. 군에서 진로를 바꾼 목적을 조금이나마 이룬 셈이다.

학자는 학문 연구에 몰두하고 교수는 강의에 전념해야 한다는 것을 잘 알면서도 시민운동에 많은 시간과 정력, 돈을 쏟으면서 갈등이 없지 않았다. 학생들에게는 이해를 구했고, 조금이라도 강의에 소홀하면 경고해 달라고 부탁하면서 한 시간도 휴강하지 않았을 뿐 아니라 대학원 강의는 방학 중에도 계속했다. 그러나 철학 연구에는 그만큼 열중하지 못한 것이 사실이다. 거기에는 한국에서 서양 철학을 연구하는 것에 대한 좌절감도 어느 정도 작용했다. 아무리 열심히 공부해서 좋은 논문을 발표해도 동료 철학자들이나 제자들이 별로 읽지 않는 것을 발견했다. 서양 철학에 대한 논문은 아무래도 서양 학자들의 것이 더 우수할 것이란 선입견이 작용하기 때문이다. 그런 편견이 나에게도 있음을 발견하고 절망했다. 한국 학자가 서양 철학 발전에 공헌할 가능성이 매우 희박하다는 사실을 절감하고는 학생들에게 논리적으로 생각하는 훈련을 시키는 것으로 만족하고, 나머지는 한국 사회를 발전시키고 약자들을 보호하며 기독교적 문화를 만드는 것이 나의 시간을 더 가치 있게 쓰는 것이라고 생각했다.

그런 판단 때문인지 한때는 사회 활동과 계몽에 많은 시간을 보냈다. 여러 신문에 칼럼을 썼으며 방송 출연이 매우 잦았다. KBS에는 〈인간 가족〉이란 프로까지 개설되었고, 26년간이나 객원 해설위원으로 뉴스 해설을 했다. 그 덕분에 얼굴이 널리 알려져 착한 의지를 가진 젊은 사람들의 신설 비영리 사회단체들을 세상에 알리고 그들의 진정성을 보장해 주는 역할을 많이 했다. 한때는 이사장 자리만 20개 이상을 차지하기도 했는데, 회의비나 활동비를 받기는커녕 모두 회비를 바치고 여기저기서 운영비를 얻어다 도와줘야 했다. 기독교 복지기관들을 비롯해 그 모든 단체에 가장 강조한 것이 재정의 투명성과 단체에서 제시하는 목적과 실제 행위가 일치하는 순수성이었다. 물론 모두 다 성공한 것은 아니었지만 상당수는 사회에 중요한 공헌을 했고 지금도 하고 있다. 비록 바쁘고 힘들었지만 그렇게 섬길 수 있다는 사실이 복이었고 감사했다.

값비싼 저택에 사는 어느 개혁가와의 대화

ㄱ 씨라면 알 만한 사람은 다 안다. '가난하고 억눌린 자들'을 위해 감옥살이도 했고, 직장 얻는 데도 숱한 고생을 했다. 그러므로 그가 사회 정의에 관심을 가진 젊은 학생들의 우상이 되어 있는 것은 조금도 이상할 것이 없다. 그런 정의감과 용기를 못 가졌기에 나도 그분을 은근히 존경하고 부러워했다.

그런데 10여 년 전 어느 사석에서 그가 값비싼 저택을 소유하고 있다는 소리를 본인으로부터 직접 들었다. 우리 같은 월급쟁이가 일생 동안 쓰지 않고 모아도 살 수 없는 비싼 집이었다. 원고 청탁이나 강연 초청을 위해 자기 집을 방문하는 기자들이 자기 집의 크기 때문에 매우 놀란다고 껄껄 웃으면서 이야기했다. 그 소리를 듣는 순간, 나는 즉시 '위선자다!' 속으로 외쳤고 일종의 배신감 같은 것을 느꼈다. 조금 후 그의 얼굴에 술기가 좀 도는 것 같아 억눌러 놓았던 질문을 기어코 던지고 말았다.

"선생님, 그런 비싼 집을 가지고 계시면서 어떻게 '가난한 자, 억눌린 자'를 위해서 투쟁한다고 할 수 있습니까?"

그러나 나의 기대와는 달리 그는 조금도 언짢은 기색을 보이지 않았을 뿐 아니라 오히려 나를 좀 측은하게 여기는 태도였다. 아마 그런 어리석은 질문을 수없이 받았던 것 같다.

"손 박사, 개인의 윤리적 문제와 체제 문제를 혼동하면 안 돼!"

이후에도 그분은 일관성 있게 가난한 자, 억눌린 자 들을 위하여 글을 쓰고 강연을 했으며 그 때문에 많은 고초를 당했다. 그리고 최근에 들은 이야기지만, 그와 비슷한 사람들은 그 외에도 많다는 것이다. 부의 공정한 분배를 힘 있게 주장하는 ㄴ 씨나 ㄷ 씨 같은 분들도 우리나라 소시민 대부분은 꿈도 못 꿀 거액의 재산을 소유하고 있다는 것이다. 세상이 다 아는 바지만, 그들의 신념 때문에 그들도 ㄱ 씨 못지않게 많은 희생을 감수해야 했다.

그런 사람들이 많으면 많을수록, 그리고 그들의 희생이 크면 클수록 나에게는 그만큼 더 큰 혼란이 일어났다. 그런 사람들을 존경해야 할지, 경멸해야 할지 쉽게 판단이 내려지지 않는 것이다. 그들에 대한 사회의 평가나 내가 아는 그분들의 인격을 고려할 때 그분들을 단순히 위선자들로 무시해 버리는 것은 지나치게 편파적이고 실례인 것 같았다. 그래서 나는 나 자신의 정신 건강과 판단력을 한번 점검해 보지 않을 수 없었다. 혼란의 원인이 그분들에게 있는 것이 아니라 오히려 나 자신의 가치관과 사고방식에 있을 수도 있기 때문이다. 마침 그분들과 생각을 같이하는 친구 ㄹ 목사와 비슷한 문제로 토론하는 중에 배운 바도 좀 있어 그들은 나를 향해 어떻게 말할 것인가를 어느 정도 짐작해 볼 수 있었다.

'손 선생, 당신의 시각은 가망 없이 전통적이고 소시민적이오. 모든 것이 구조와 체제에 의해 결정되는 상황에서 '정직'이니 '위선'이니 하는 도덕적 평가는 낡아 빠지고 전혀 소용없는 것이며, 아무 힘도 발휘하지 못합니다. 재벌들은 국민이 저축해 놓은 은행 돈을 수천억 원씩 대출해서 자기 배를 채우고, 가진 자들의 이익만 보호하는 체제를 유지하기 위해 수조원이 투입되는 마당에 '정직'이니 '위선'이니 하는 개인 윤리적 평가가 무슨 힘이 있소? 가난한 자, 억눌린 자 들이 저렇게 고생하는 것은 그들이 너무 정직했기 때문이오. 그들이 해방

되는 것은 도덕 같은 그런 힘없는 것들을 통해서가 아니라 진정한 정치적 투쟁으로 체제를 바꿔야만 가능합니다. 따라서 '정직'이니 '위선'이니 하는 것들이 아주 중요한 가치라도 되는 것처럼 왈가왈부하는 것은 역사 발전 법칙에 대해 무식하기 때문이오. 그런 것들이나 떠들어 대서 진정 문제가 되어야 할 것들을 은폐하려는 이익 집단의 이데올로기에 사로잡혀 있기 때문이오. 그런 허위의식에서 빨리 깨어나야 합니다.

그리고 백 보 양보해서 위선이 나쁘다고 합시다. 그러면 위선자 아닌 사람이 어디 있소? 당신도 뭐 '기독교윤리실천운동' '경제정의실천시민운동' '사랑의 쌀 나누기 운동' 따위의 활동을 하고 있는 모양인데, 당신은 당신이 다른 사람들에게 비치는 정도로 도덕적으로 살고 있고 행동하고 있다고 생각하오? 당신이 우리보다 재산이 좀 적다 해서 그것이 당신을 정직한 사람으로, 우리를 위선자로 만든다고 보시오? 내가 보기에는 오히려 당신이 우리보다 더 위선적인 것 같소. 우리는 아예 윤리 운동 같은 건 우습게 보고 정치 투쟁에 힘쓰는 반면, 당신은 윤리 운동을 한다면서 윤리적으로 살지도 못하니 당신이 더 위선적이 아니오?

사실 우리가 재산을 좀 갖고 있다 하더라도 우리는 그것을 빼앗길 준비가 되어 있고, 지금 우리가 하고 있는 이 투쟁이 바로 우리 재산을 빼앗기게 하기 위한 것입니다. 체제가 바뀌어 우리 재산이 몰수되고 그것이 가난한 사람들의 손에 들어가서 골고루 잘살게 만들기 위해서 우리가 이렇게 애쓰는 것 아닙니까? 마치 성자나 되는 것처럼 자기 재산을 스스로 내놓는 그런 도덕주의를 우리는 가장 싫어합니다. 그거야말로 위선적이고, 우리를 위선자라고 보는 당신이야말로 바로 그런 위선적인 행위를 고취하는 운동을 하고 있는 것입니다. 실제적으로는 가난한 사람들을 위해서 별로 희생은 하지 않으면서도 입으로만 '절제' '사랑' 따위를 외치고, 그런 방법으로 착취를 정당화하는 기존 질서를 유지하려는 것이 당신의 그 얄팍한 윤리 운동의 속셈이 아니고 무엇이며, 그것이 바로 위선이 아니고 무엇이오?'

참 일리 있는 논리인 것 같다. 결국 '정직'이니 '위선'이니 떠드는 내가 진짜 위선자이고, 재산은 좀 가져도 '가난한 자' '억눌린 자'를 위하여 정치적 투쟁을 하는 것이 오히려 도덕적인 일인 셈이다. 그분들을 '위선자'라고 정죄했던 나의 즉각적인 반응은 역시 그동안 자본주의 체제 속에서 잘 훈련된 잘못된 직감이었던 모양이다.

하지만 그렇게 인정하고 나서도 뒷맛이 개운치는 않았다. 비록 자신들의 소유가 몰수되는 체제를 위해 투쟁한다고 하더라도, 그때까지는 그 재산을 즐기고 있는 것이 사실이고, 그런 체제는 '불(다)행하게도' 빨리 이루어지지 않았을 뿐 아니라, 가까운 시일 내에 이루어질 것 같지도 않다. 그렇다면 그 사람들은 가진 자들이 즐길 수 있는 것을 욕해가면서도 다 즐기고, 나는 그들만큼 즐기지도 못하면서 괜히 소시민적 위선자란 욕만 먹게 되지 않는가? 물론 이런 찜찜한 뒷맛도 역시 내가 전통적 사고에 너무 깊이 젖어 있고, 자본주의 체제에 너무 잘 훈련되어 있기 때문인지도 모른다. 오죽하면 혁명 후에도 반동분자들을 모조리 숙청하겠는가? 숙청을 당하지 않고도 나의 이 부르주아적 직감이 고쳐질 날이 올지는 모르겠지만, 당분간은 직감대로 판단할 도리밖에 없을 것 같다. 직감과 정반대로 말하고 행동하는 것도 일종의 위선이 아니겠는가? 다행히도 그분들은 '위선자'란 욕을 심각하게 생각하지 않으니, 나의 직감이 지나친 실례를 범하진 않은 것 같다.

이사장 자리 열두 개

나는 이사장 자리를 열둘이나 가지고 있다. 한때는 스무 개나 되었는데 그나마 줄인 것이 열두 개다. 팔십 노인이 한 다스나 되는 이사장 자리를 차지하고 있으니 기네스북에 오를 만하다. 상황을 잘 모르는 사람은 "웬 놈의 이사장 자리를 그렇게 많이 갖고 있느냐? 노욕이 지나쳐!" 할 것이고 심리학에 관심 있는 사람은 단신의 콤플렉스가 작동해서 긴[長] 것을 찾다가 그렇게 된 것이 아닌가 할지 모르겠다. 물론 콤플렉스란 스스로 의식하지 못하는 것이므로 그렇지 않다고 단언할 수는 없다. 그러나 한 가지 부인할 수 없는 사실은 이 열두 개 이사장 자리 가운데 어느 하나도 내가 원해서 얻은 것은 없다는 것이다. 명예를 가져다주거나 출세에 도움이 되거나 판공비나 회의비가 두둑한 자리는 나 같은 사람에게 돌아올 리 만무하다. 오히려 이사회 회비를 적잖이 내야 하고 이사장은 거기에 모범까지 보여야 한다. 그리고 어리석게도 나는 그동안 몇몇 이사회에서는 이사들에게 3G를 지키라고 다그쳐왔다. 즉 기부를 많이 하든지(Give), 기부를 많이 받아오든지(Get), 아니면 사임하라(Get out)고 한 것이다. 대부분 세 번째 G를 택하겠다고 나서서 만류하느라 진땀을 뺀다. "원칙이 그렇다는 것입니다. 그저 자리를 메워주시는 것만으로도 감지덕지입니다." 마치 죄나 지은 듯 애걸복걸하며 이사들을 붙들어놓아야 한다. 그 열둘 가운데 딱 한 곳만 1년에 두 번 정도 회의비를 주는데 그 이사장은 곧 사임하겠다고 했다. 후임 찾기가 어렵지 않을 것 같다.

아마 속 모르는 사람들은 "원하지도 않으면서 무엇 때문에 그런 무거운 짐을 열두 개나 지고 있나?" 하고 물을 것이다. 만약 내가 불교 신자였다면 전생의 업보 때문이라고 자위했을 것이다. 그러나 나는 불교 신자가 아니니 다른 이유를 찾아야 하는데, 좀 거창하게 표현하자면 의무감 때문이라 할 수 있다. 즉 이익이 생겨서도 아니고 보람을 느껴서도 아니라 맡지 않을 수 없어서 맡았다는 것이다. 윤리학자 칸트는 즐겁거나 어떤 목적을 달성하는 데 도움이 되기 때문에 하는 선행은 윤리적이 될 수 없고 오직 의무감 때문에 행한 것만 윤리적이라 했다. 그런 기준에 의하면 나야말로 매우 윤리적인 이사장일 것이다. 그러나 불행하게도 나는 칸트의 윤리 이론에 동의하지 않는다. 얼마 전 『약자 중심의 윤리』란 책을 써서 행동 주체의 의무감이 중요한 것이 아니라 그 행위의 대상이 해를 받지 않거나 이익이 되어야 윤리적이라고 주장하였다. 그래서 칸트의 주장은 나에게 별 위로가 되지 못한다.

좀 더 솔직하게 말하자면 나는 '마음이 약해서' 이렇게 많은 짐을 지게 되었다. 모두들 "당신밖에는 할 사람이 없다."라며 압력을 넣고, 내가 맡지 않으면 그 단체가 없어지거나 임무를 제대로 수행하지 못할 것이라고 협박하다시피 해서 하는 수 없이 "이름만 걸어놓겠습니다." 하고 무너지는 것이다. 없어지거나 약해져서는 안 될 기관인데, 그런 가치 있는 기관을 없애거나 좋은 일을 못 하게 하는 원인을 내가 제공해서는 안 된다고 생각하는 것이다. 그래놓고는 두고두고 후회를 거듭하고 아내로부터는 핀잔만 잔뜩 받는다. 그날부터 적잖은 회비를 내고 대부분 주차할 공간도 없어 눈이 오나 비가 오나 버스, 지하철을 타고 가서 회의 사회를 본다. 그리고 무엇을 약속하고 보증하는지도 잘 모르면서 수없이 인감도장을 찍는다. 인감도장 찍고 인감증명서 떼는 것이 이사장의 주 업무란 생각조차 들 정도다. 늙어서 그런지 지문이 나오지 않아 본인임을 증명받기 위해서는 아내의 생일이 언젠지, 본적이 어딘지 등 직원의 질문에 답해야 한다. 친필 서명으로도 충분할 것을 별로 중요하지 않은 일에 나와 공무원의 시간과 노동이 낭비된다고 생각하면서 화도 낸다.

물론 내가 관계하는 단체들은 돈 버는 일과는 무관하다. 오히려 기부자들에게 손을 벌려야 활동할 수 있는 모임들이다. 그런 단체들일수록 한 푼이라도 떼먹는 짓을 안 해야 생존할 수 있다. 그런데 어쩌다가 나는 남의 돈 떼먹는 놈은 많이 때려주거나 떼먹은 돈 몇 배를 토해내게 해야 한다고 믿는 사람으로 알려졌다. 그래서 내가 이사장이 되면 적어도 나를 아는 사람은 그 단체를 믿어주고 기부도 좀 할 것이라 생각하고 기어코 그 자리에 앉히는 것이다. 그런데 이제까지의 경험으로 보아 그런 계산은 별로 정확한 것 같지 않다. 어떤 단체는 기부를 잘 받지만 어떤 단체는 여전히 가난하다.

그 열둘 가운데 네 단체는 위대한 인물들의 기념 사업회다. 자기 아들 둘을 총살한 사람을 용서했을 뿐 아니라 심지어 양자로 삼은 손양원 목사, 일생을 무소유 원칙으로 살면서 모든 소득을 가난한 환자들에게 다 주어버린 장기려 박사, 하루 열두 시간씩 노동하면서 농촌 계몽 운동을 펼쳐 새마을운동의

효시가 된 김용기 장로, 그리고 세계 최초로 교육 보험을 창시하여 한국 교육에 이바지한 신용호 선생 같은 분들을 가능한 한 많은 사람이 알고 조금이라도 본받자는 운동을 하는 곳이다. 그분들을 우상으로 만들자는 것이 아니라 그분들을 많이 알려서 본받는 사람이 늘어나도록 하자는 것이다. 그런 사람들이 많아야 우리 사회가 정의롭고 살맛 나는 세상이 될 수 있다고 믿기 때문이다. 그렇게 훌륭한 분들을 기리는 것조차도 후손들이 경제적으로 좀 넉넉해야 가능하다는 것을 체험하면서 사람들이 왜 돈에 미치는가를 절감한다. 같이 미치지 않으려고 버둥거리다가 이사장 모자 열두 개를 뒤집어썼다.

회의비
100만 원

이런저런 단체의 이사장, 이사 자리를 여럿 맡아 바쁠 때였다. 한번은 뜻밖에도 어느 재벌이 운영하는 복지 법인의 이사로 선임되었다. 이사들은 모두 전직 총리, 장관, 정부 관계 위원회 위원장 그리고 돈 많은 회사 대표였는데 벼슬도, 돈도 없는 나는 한 장애인 복지 법인의 이사장을 지낸 이력 덕에 초빙된 것 같았다.

회의는 1년에 딱 한 번이지만 우리나라에서 가장 비싼 호텔의 가장 고급 식당에서 모였다. 며칠 전부터 직원들이 많은 것을 상세하게 안내했는데 대표적인 것이 자동차 주차였다. 자동차 번호, 차종, 색깔을 묻고 호텔의 특별 구역 주차장에 주차하라고 친절하게 알려주었다. 그런데 중고로 구입한 소형

승용차를 손수 몰고 들어가면 주차원이 몇 번이나 차 번호를 조회하며 난처해했다. 기사가 몰고 온 커다란 고급 차들 사이에 작은 고물 차를 주차하자니 내가 봐도 어울리지 않았고 호텔과 특별 구역의 위상에 걸맞지 않아 적잖이 미안했다.

그러나 일단 회의장에 들어가면 모든 것이 평등했다. 기사가 없는 죄로 최상품 포도주는 마시지 못했으나 술맛을 모르니 별로 문제 되지 않았다. 중요한 것은 회의비가 똑같다는 것과 액수가 100만 원이나 된다는 사실이었다. 물론 그런 액수의 회의비는 다른 어느 곳에서도 받아본 적이 없다.

그런데 100만 원은 나에게만 큰돈이 아니었던 모양이다. 내가 재임하는 기간 동안 어떤 이사가 회의에 결석하는 경우를 보지 못했다. 회의비가 없는 다른 이사회에서는 항상 성원 수가 문제인데 여기는 그런 걱정을 하지 않아도 되었다. 한번은 이사 한 분이 다리를 다쳤는데 깁스를 한 채 휠체어를 타고 참석했다. 사회에서는 모두 인정받는 인사들인데도 내 눈에는 속이 훤히 들여다보였다.

문제는 남의 속만 들여다보인 것이 아니란 사실이다. 나 역시 한 번도 결석하지 않았고, 웬만한 약속은 이런저런 구실을 만들어 무시하면서 이 100만 원짜리 회의에는 결코 빠지지 않았다. 만약 내가 팔이나 다리를 다쳐 깁스를 했더라면 콜택시를 타고라도 참석했을 것 같다.

드디어 나의 깨끗하지 못한 속을 청소할 기회가 왔다. 나의 참석이 별로 중요하지 않은 한 시민운동 단체의 모임이 예정되었는데 공교롭게도 그 시간에 100만 원짜리 이사회가 소집되었다. 참석해 봤자 회의비는커녕 설렁탕 한 그릇도 대접받지 못할 모임 때문에 100만 원에다 한국에서 제일 비싼 식당의 제일 비싼 식사를 포기해야 하나? 적잖게 고민했다. 남의 속이 훤히 보이지 않았더라면 내 속도 숨길 수 있었을 텐데, 괜히 남의 속까지 들여다볼 수 있도록 눈이 밝은 것이 문제였다. 며칠간 끙끙거리다가 그 시민 단체 모임은 별로 중요하지 않다는 결론을 내렸다.

하지만 그게 마음먹은 것처럼 쉽게 끝나지 않았다. 내가 돈 100만 원에 그렇게 끙끙거린다는 사실, 그리고 돈이 선택의 이유가 되었다는 사실이 나의 불결한 속을 더 훤히 드러냈고 자존심을 몹시 상하게 했다. 강연, 설교, 방송, 칼럼에서 돈의 노예가 되지 말라고 거룩한 소리는 전매특허라도 받은 것처럼 떠들어 놓고는 돈 100만 원을 그토록 아까워하는 나 자신이 얼마나 초라하고 위선적으로 보이는지……. 차라리 그런 소리를 하지 않았더라면 좋았을 텐데! 그러나 말은 이미 뱉어 버렸고 녹화되었거나 인쇄되었으니 취소할 수도 없고!

한동안 다시 낑낑거리다가 마침내 결단을 내렸다. 이사회에 불참을 통고하고 그 시간에 시민 단체 모임에 가버렸다. 유혹과 자존심 싸움에서 자존심이 이겼다고 생각하니 마음이 흐뭇했다. 그런데도 그 100만 원은 역시 아까웠다.

며칠 후 다른 건으로 은행 통장을 들여다보았더니 무슨 이유인지 100만 원이 송금되어 있었다. 그런데 회의에 참석하지 않았으니 회의비를 받을 수 없다면서 그 돈을 돌려보냈어야 하는데, 나는 그러지 않았다. 역시 내 속이 완전히 청소되지 못한 것이다.

어쨌든 그 일로 나는 남의 속과 함께 나의 불결한 속도 들여다보게 되었고, 옳은 말은 나중에 후회하더라도 우선 해놓고 볼 일이란 것도 깨달았다.

환경 보호하느라 노랑이가 되다

내가 기윤실, 경실련, 공선협 등 시민 운동 외에 환경 운동도 하고 있다는 사실은 별로 알려지지 않았다. 그러나 실은 1972년에 『성장의 한계』란 로마 클럽 보고서가 나왔을 때 나는 그 심각성을 깨닫고 환경 문제에 관심을 갖게 되었다. 1970년대에 귀국해서 어떤 잡지에 환경 보호에 대해 글을 썼더니 무슨 뚱딴지같은 소리냐는 반응을 보였다. 환경 오염 문제에 전혀 관심이 없었던 것이다. 하는 수 없이 나부터라도 시작하자 해서 에너지와 물자 절약을 실천하고, 작은 차를 타고 다니며, 태양열로 요리하는 실험까지 해봤다. 2004년에는 지금 살고 있는 집 지붕에 태양광 발전판을 설치하여 생산된 전기를 조명, 조리와 전기차 충전에 쓰고 겨울 난

방의 절반을 충당하는데 지금(2023년 7월 25일)도 4000킬로와트 이상을 저축해 놓았다.

나는 스스로를 한국의 대표적인 노랑이라 자처한다. 전기, 물, 못, 나사, 심지어 쓰레기조차 아낀다. 그것이 몸에 배어 비싼 외식 줄이고 택시는 특별한 경우 말고는 이용하지 않는다. 절약한 전기료와 난방비가 상당해 환경 운동 하면서 경제적 이익까지 얻고 있다. 앞으로 전기료, 가스값이 오르면 그 이익은 더 커질 것이다. 이웃집 다섯도 태양광 발전 시설을 설치하여 그만큼 탄소 배출도 줄었으니 나의 모범이 효과를 거둔 셈이다. 서울영동교회에서 냉방기를 설치하지 않으려 한 것도 경제보다는 환경에 대한 관심 때문이었다. 모든 지붕, 햇빛이 비치는 벽, 방음벽 등과 특히 모든 교회 건물에 태양광 발전 시설을 설치했으면 좋겠다. 그리고 나처럼 여름에는 냉방기 사용을 삼가고, 겨울에는 방 온도를 18도 이하로 유지하기를 바란다.

1998년에는 한국휴먼네트워크란 단체(2008년에 '푸른아시아'로 개칭)의 이사장으로 취임해서 2000년부터 몽골의 사막화 방지를 위하여 조림 사업을 시작했고 그 일로 여러 번 몽골을 방문했다. 지구 온난화로 기후에 변화가 생겨서, 탄소 배출이 거의 없는 몽골의 강과 호수 수백 개가 사라졌다. 우리나라를

덮치는 황사의 절반이 몽골에서 발원하는데 사막화가 진행되면 그 양이 늘어날 수밖에 없다. 최근에는 목초지가 많이 사라져서 양과 염소를 키우던 유목민들이 수도 울란바토르 주변에 모여들어 난민촌을 이뤘는데, 추운 겨울에는 폐타이어를 태워 난방하는 바람에 그 도시가 세계에서 가장 오염된 곳이 되고 말았다. 몽골의 사막화와 황사 양을 조금이라도 줄이기 위해 대한항공, 산림청, 수원시, 인천시, 숙명여대 등의 협조를 받아 지금까지 80여만 그루의 나무를 심어 80퍼센트 정도를 생존시켰다. 1998년에는 그 성취로 푸른아시아가 유엔사막화방지협약이 수여하는 '생명의 토지(Land for Life)' 최우수상을 받았다. 2023년 말에는 '나무가심는내일'이란 새 환경단체의 이사장으로 취임해서 기독교계의 환경 운동을 시작했다. 근 20명의 의식이 깨인 교역자들과 평신도들이 발기인으로 참여했는데 한국 기독교계가 몽골에 '교회의 숲'을 조성하여 환경보호에 관심을 갖도록 하려 한다.

오늘의 환경 오염에 대해서는 기독교가 책임져야 한다는 미국 역사학자 린 화이트 주니어(Lynn White Jr.)의 주장을 나는 부인할 수 없다고 생각한다. "땅을 정복하라."라는 「창세기」의 성경 구절이 제시하는 것처럼 기독교는 자연이 신성을 가진 것이 아니라 한갓 피조물에 불과하므로 얼마든지 이용하고 착취할 수 있다는 가능성을 열어놓았고 그 때문에 자연과학과 과학 기술이 발달할 수 있었다는, 레이에르 호이카스(Reijer Hooykaas) 등 과학사학자들의 견해는 반박하기가 쉽지 않다.

환경 오염과 그로 인한 지구 온난화는 폭우, 가뭄, 폭염과 혹한을 일으키고 미세 먼지는 수많은 사람을 병들게 한다. 사람에게 고통을 가하는 것이 범죄라면, 환경 오염을 일으키고 줄이지 않는 것 역시 무책임의 정도를 넘어 범죄에 가깝다. 더군다나 몽골의 사막화, 투발루와 몰디브의 국도(國都) 침수에서 보듯 오염에 책임이 없는 약한 나라들이 심각하게 피해를 보고, 모든 사회에서 약자들이 가장 먼저 희생된다는 사실은 정의의 원칙에 크게 어긋난다.

지금의 상황을 고치지 못하면 인류의 존속은 불가능할 텐데 인류, 특히 한국 국민들은 그 심각성을 충분히 인식하지 못하고 있다. 그 변화가 눈에 보일 정도로 급속하게 일어나지 않는데다 나 혼자 노력해 봤자 별 도움이 되지 않을 것이라고 생각하여 사람들이 별로 고치려 하지 않는 것 같다. 그러나 나는 "티끌 모아 태산"을 믿는다. 가능한 한 많은 사람이 조금씩이라도 이산화탄소 배출을 줄여야 이 심각한 문제가 해결될 것이다. 한국은 탄소 배출 증가량에서 세계 1위인데도 이 문제에 대해서는 너무 둔감하다. 특히 이웃의 이익을 도모해야 하는 그리스도인에게는 환경 보호가 매우 중요한 이웃 사랑이 라고 주장한다.

제4부 내가 받은 달란트

예측했던 대로 그 세상은 오지 않았다!

나의 일생에 교육만큼 중요한 것은 많지 않다. 어렸을 때는 할아버지로부터 『천자문』, 『동몽선습(童蒙先習)』, 『계몽편(啓蒙篇)』을 배웠고 아버지로부터는 동네 청년들과 함께 『명심보감(明心寶鑑)』을 배웠다. 또한 초등학교에서 대학, 신학교, 대학원에 이르기까지 모든 교육 단계를 하나도 거르지 않고 다녔으며 30년 이상 교수로 학생들을 가르쳤으니 일생 대부분을 학교에서 보냈다고 할 수 있다. 거기다가 아버지는 한문, 어머니는 한글을 가르치셨고, 남동생 재호는 고등학교 교사, 제수씨도 결혼 전에 초등학교 교사, 여동생 태자도 초등학교 교사였고 아들과 며느리도 대학교수로 재직 중이며 딸 정아도 대학원에서 강사로 강의하니 우리 가정은 교육자 집안이라 해도 과언이 아닐뿐더러, 나는 교육적 환경에서 일생을 보냈다 할 수 있다. 한때 최빈국 가운데 하나였던 우리나라가 세계에서 가장 빨리 선진국이 될 수 있었던 것이 교육 덕이며, 그 교육에 나와 우리 가정이 한몫을 했다는 사실은 큰 자랑이고 명예가 아닐 수 없다.

따라서 내가 우리 교육 문제에 큰 관심을 갖는 것은 자연스러운 일이다. 21대 국회 김진표 국회의장이 교육부 장관으로 재직 시에는 교육부의 한 위원회 위원장으로 활동하기도 했다. 그러나 지난 세기말에는 교사들의 촌지 문제로 화가 났고, 그 후에는 사교육 문제 때문에 계속해서 속이 상한다. 이와 관련해서 신문에 칼럼과 강의를 통해 잔소리도 많이 했다.

마침 1980년대 어느 날 사범대 영어교육학과 송인수 군과 윤리교육학과 정병오 군이 찾아와서 졸업 후에 교육 운동을 하고 싶다고 했다. 그들의 열정과 관심에 나는 크게 감동하여 적극적으로 후원하겠다고 약속했다. 1987년에 창립한 기독교윤리실천운동에 교사 모임이 조직되었는데 그 두 사람은 대학을 졸업하고 교사가 된 뒤 거기서 기독교 교육 운동을 시작했다. 그러다가 1996년에 기독교사연합을, 2000년에는 그것을 확대 개편해서 좋은교사운동을 조직했고, 번갈아 가면서 책임자로 봉사했다. '좋은교사운동'은 크게 성장해서 교총, 전교조와 함께 한국의 가장 중요한 교사 단체 가운데 하나로 성장했고 촌지 거부, 가정 방문, 학습 지진아 보충 교육 등 교육계에 새바람을 일으켰다. 적어도 지금까지는 매우 순수하게 남아 열심히 활동하고 있고 나도 상당 기간 이사의 한 사람으로 그 단체를 도왔다.

송인수 군은 좋은교사운동에 전념하기 위해서 인정받던 영어 교사 자리를 사임했고, 2008년에는 사교육 문제에 전념하기 위해 여성 시민운동가 윤지희 씨와 함께 '사교육걱정없는세상'이란 단체를 창립했다. 나는 "한국의 사교육 문제는 제갈공명도 해결하지 못한다."라고 만류했으나 한국 교육을 위한 그들의 의지가 워낙 선하고 강해서 12년 동안 그 단체의 이사장으로 그들을 도왔다. 송인수 군도 거의 불가능한 목표를 추구한다는 사실을 알았기에 창립 행사 때 눈물을 흘렸던 것을 지금도 잊지 못한다. 옳은 일, 해야 할 일은 성공 여부와 무관하게 시도해야 한다는 그의 의지는 후배요 제자이지만 고맙고 존경스러웠다. 한국 기독교계와 사회에 그런 순수하고 유능한 인물이 있다는 사실은 고무적이지 않을 수 없다.

우리가 예측했던 대로 사교육 걱정 없는 세상은 오지 않았다. 사교육이 줄어들기는커녕 오히려 늘어났다. 송인수, 윤지희 두 사람은 사교육이 사라지지 않는 것은 학벌과 '스펙'이

좋아야 좋은 직장에 취업할 수 있는 잘못된 고용 문화 때문이라 판단하고 2020년에는 '사교육걱정없는세상'을 다른 동역자들에게 맡기고 '교육의봄'이란 단체를 새로 설립하여 모든 채용에서 학벌과 불필요한 '스펙'을 묻지 말자는 블라인드 채용 운동을 시작했다. 나는 다시 그 새로운 단체의 이사장으로 취임해서 지금까지 섬기고 있다.

사실 나와 자녀들은 사교육의 덕을 보지 않았기 때문에 사교육 반대 운동은 떳떳하게 할 수 있었지만 블라인드 채용 운동은 하지 않아야 할 이유가 충분하다. 우리 부부는 SKY대 출신이고 아들, 며느리, 맏손녀, 동생, 질녀를 포함해서 처가 쪽까지 합치면 4촌 이내에 서울대 출신이 열두 명이나 되며, 거기에다 나는 서울대 교수였다. 학벌을 무시하자고 주장할 개인적 이유는 전혀 없다. 그것은 부부가 서울대 출신인 송인수 군도 마찬가지다. 그런데도 우리가 이런 운동을 하는 것은 형식적인 학벌이나 스펙이 아니라 제대로 평가된 능력과 인품을 기준으로 채용이 이뤄져야 사교육이 없어질 뿐 아니라 사회가 훨씬 더 정의롭고 풍요롭게 될 것이며 그런 사회에서라야 우리 친척과 후손도 더 안전하고 인간답게 살 수 있을 것이라 믿기 때문이다.

다른 시민운동도 힘들지만 한국에서는 교육 운동이 성과를 내기가 매우 힘들다. 교육에 대한 관심이 유난히 높고 모두가 교육에는 일가견을 가지고 있기 때문이다. 이제까지도 그랬지만 앞으로도 마찬가지일 것이다. 그러나 '교육의봄'은 조금의 변화라도 가져오지 않을까 생각한다. 학벌과 스펙을 근거로 한 채용이 좋은 성과를 거두었다 할 수 없고, 조금씩 늘어나고 있는 블라인드 채용이 오히려 더 효과적이란 분위기가 조금씩 생겨나기 때문이다.

교육 선교에 관심을 기울이다

선교사들을 볼 때마다 죄송한 생각이 든다. 그분들의 고생과 희생에 비해 나는 너무 편하게 신앙생활을 하고 있기 때문이다. 그래서 선교사들을 위로하러 선교지를 방문했고, 잠시 귀국한 선교사들을 위해 오피스텔 한 채를 교단 선교부에 헌납하기도 했다.

20여 년 전 우간다 부통령 초청으로 가나안농군학교 김범일 장로와 함께 우간다에 갔다. 그곳에서 수고하시는 선교사들을 만나 선교사 부부 30여 명에게 저녁 식사 한 끼를 대접하기로 하고 시간과 장소를 의논하여 정했다. 그런데 우리 일행이 대통령을 예방하기로 정한 시간을 대통령궁에서 갑자기 바꿔 내가 선교사들을 만나기로 한 그 시간에 오라는 통고를 받았다. 나는 대통령 예방보다는 선교사 대접 쪽을 택했고 지금도 그것을 매우 자랑스럽게 생각한다.

2017년부터 법인으로 승격한 파우아교육협력재단(PAUA) 이사장으로 취임했다. 그러나 실무는 연변과기대 교수를 역임한 강성택 박사가 맡아 하다가 지금은 건국대에서 은퇴한 장영백 교수가 희생적으로 열심히 봉사하고 있다. PAUA는 한국 선교사들이 선교지에 세운 대학들의 연합체로 2009년에 창립했고 12개 정회원 대학과 4개의 준회원 대학이 가입해 있었다. 2018년 2월에는 미국 로스앤젤레스에서 열린 제10회 국제 콘퍼런스에 참석해서 교육 선교에 대한 교민들의 관심을 불러일으키고 현장에 가서 강의할 수 있는 교육 요원들을 모집했다. 우간다의 쿠미대학을 비롯해 여러 선교 대학 관계자들이 큰 기대와 많은 비용을 들여 참석했고 집회 분위기는 긍정적이었으나 열매는 미미했다. 2022년에는 다니엘새시대교회 하상육 권사가 2억 원을 기부해서 선교 대학 우수 학생들을 위한 장학 기금도 마련했고, 한양대 김용수 교수를 중심으로 근 40명의 전현직 그리스도인 교수들이 자원하여 온라인으로나 현지에서 강의 봉사를 했으며 한동대학교 교수들의 협조로 강의를 녹화해서 필요한 대학들에 보내기도 했다.

한국 선교는 교육 선교 중심으로 이뤄져야 한다고 믿는다.

어떤 지역이든 지도층에 그리스도인들이 많아야 복음화가 빨리, 그리고 효과적으로 이뤄질 수 있기 때문이다. 한국의 복음화가 빨랐던 이유 가운데 하나도 한국에 파송된 미국 선교사들이 연희, 숭실, 이화, 배재 등 학교를 세웠고 그 학교들이 대학으로 발전해서 한국 사회에 유능한 그리스도인 지도자들을 많이 배출한 것이다. PAUA와 관계하면서 발견한 것은 전 세계 선교 역사에서 한국만큼 많은 기독교 학교가 설립된 곳이 없다는 사실이다. 한국인의 교육열을 이용한 선교 전략이었다 할 수 있지만 그 사실은 한국 교회와 사회 발전에 결정적인 역할을 한 것이 틀림없다. 만약 한국에 선교사들이 세운 그런 고등 교육 기관들이 없었더라면 한국 교회가 이만큼 자라지 못했을 뿐 아니라 한국도 이만큼 발전하지 못했을 것이다. 인도가 2000년에 가까운 선교 역사에도 불구하고 복음화를 이루지 못한 이유 가운데 하나는 지도자급 인물들 가운데 그리스도인이 너무 적기 때문이다.

현대 사회는 지식 기반 사회라 한다. 좋은 자연조건이나 풍부한 자원보다는 인적 자원이 더 중요하고, 개발 도상국들은 그 사실을 알고 있다. 거기다가 한국은 자연 자원이 부족한데도 세계가 인정할 만큼 발전한 것은 교육 때문이란 사실을 후진국들이 다 알기 때문에 한국으로부터는 교육 원조를 기대하고 있다. 한국 교계에는 최고 수준의 교육을 받은 고급 자원이 풍부하기 때문에 조금만 관심을 기울이면 훌륭한 교육 선교를 수행할 수 있다. 그런 점에서 교육 선교는 한국 교회가 매우 잘할 수 있고 그것으로 선교지의 가장 중요한 수요를 충족시킬 수 있다. 이런 상황과 기회를 가능한 한 잘 이용하여 총체적인 복음 선교에 한국 교회가 뜻을 모으기를 기대하고 기도했다. 그러나 한국 교회의 반응은 별로 뜨겁지 않아서 안타까웠다.

순수하고 투명하면 손해 보지 않는다

1980년도 초반에 서울영동교회에 부임한 원주희 전도사가 자신은 호스피스 사역에 부름받았다고 하면서 그 사역에 무지했던 나에게 호스피스가 무엇인지를 설명해 주었다. 그의 설명을 듣자마자 나는 꼭 필요한 사역이란 것을 느꼈고 적극적인 협조를 약속했다. 호스피스 봉사는 영국이 모범적이라기에 원 전도사가 신학교를 졸업하면 영국 유학도 추진하기로 약속했다. 신학교를 졸업하자 당시 나와 함께 한영교회에서 시무하던 원 전도사는 영국에 갈 것 없이 바로 호스피스를 시작하겠다고 했다. 1993년에 경기도 용인 청록원의 한 건물에서 샘물호스피스 활동을 시작했는데 나는 이사장으로 30년간 원 목사를 도왔다. 주민들의 반대로 어려움을 겪다가 민가가 없는 수원 백씨 문중 묘지 근방에 서울 영동교회, 영락교회 등 여러 교회와 성도들의 헌금으로 건물을 짓고 지금까지 말기 암 환자 통증 완화 사역을 꾸준히 하고 있다. 60개 병상을 가진, 한국에서 가장 큰 호스피스가 되었고 아직까지는 철저하게 신실하고 신앙적으로 운영하고 있어서 호스피스에 관한 한 전 세계에서 모범적이라고 자부한다. 독일의 호스피스 몇 곳을 시찰했지만 샘물호스피스처럼 분위기가 밝은 곳은 없었다.

호스피스를 위해 내가 한 일이라고는 투명성과 순수성을 강조한 것뿐이다. 법적으로 요구되지 않는데도 불구하고 시작한 첫해부터 공인 회계사의 감사를 받도록 했고 모든 기부자와 기부액을 소식지를 통해서 매달 보고하도록 했다. 말기 암 환자의 고통을 줄이라고 기부한 돈은 한 푼도 허투루 쓰면 안 된다고 강조했다. 그리고 환자를 돌본다고 말만 하고 실제로는 생활 수단, 명예, 보람 등 다른 목적을 추구하는 것은 불순하다고 했다. 원주희 목사는 보험 회사 등 외부 강의에서 받은 강사료를 전액 호스피스에 기부해 직원들의 위기 대처에 사용한다. 그리고 지난 30년간 쌓아놓은 공인 회계사 감사 보고서는 샘물호스피스가 환우 돌보는 것 외에 어떤 다른 이익도 추구하지 않는다는 것을 증명해 주어 큰 방패 역할을 하며 많은 문제를 해결해 주었다.

나는 밀알복지재단, 최근에 이사장으로 섬겼던 국제기아대책기구에도 동일하게 투명성과 순수성을 강조했다. 감사하게도 밀알복지재단의 정형석 목사, 샘물호스피스의 원주희 목사, 국제기아대책기구의 유원식 회장 등 책임자들과 직원들이 모두 신실한 신앙인으로 투명성과 순수성의 중요성에 적극 동의하고 실천해 주었다. 코로나19가 만연해 많은 복지 단체가 기부 감소에 시달리고 있을 때도 이 세 기관은 재정적으로 아무 어려움도 겪지 않았을 뿐 아니라 오히려 기부가 늘어났다. 국제기아대책기구는 한때 어려움을 겪었지만 투명하고 순수하게 사역한 결과, 어려움들을 말끔히 극복하고 역사상 가장 효과적으로 운영되는 모범적인 복지 기관으로 자리 잡았다. 어느 해 생명보험사회공헌재단에서 34억 원이란 거금을 기부했는데 무엇보다 국제기아대책기구의 투명성에 대한 신뢰 때문이었다. 2023년 6월에 개최된 장애인 권익 기금을 위한 밀알 콘서트에는 6억 원에 가까운 기부가 이뤄졌다. 밀알복지재단에 대한 신뢰 때문에 가능했다.

그동안 기윤실, 밀알복지재단, 샘물호스피스, 국제기아대책기구를 대표 혹은 이사장으로 섬기면서 얻은 확신이 하나 있다. 한국처럼 불신과 부조리가 심한 사회에서도 하나님 앞에서 투명하고 순수하면 반드시 신임을 얻을 수 있고 정직하면 절대로 손해 보지 않는다는 것이다. 잔재주 부리지 않고 원칙에 충실하는 것이 가장 현명한 처세술이란 확신을 갖게 되었다.

아내 자랑,
'고맙지 뭐!'

여름 방학이 시작될 무렵 어느 아침에 최근 부임한 A 교수로부터 전화가 왔다. 내 연구실에 에어컨을 달아주겠다는 것이었다. 그때 교수들 상당수가 연구실에 에어컨을 설치했는데 나는 달지 않았다. 더위를 잘 타지 않는데다 돈도 아깝지만 그보다는 환경 보호를 위해 에너지 절약 운동을 하고 있었기 때문이다. 그런 사정을 모르는 신임 교수가 그 비싼 에어컨을 선물하겠다는 것이었다.

그가 왜 그런 생각을 했는지는 물어보지 않았다. 그러나 몇 가지 이유를 상상할 수 있었다. 우선 내가 좀 안쓰럽게 보였을 수 있다. 나는 집이 학교와 가까워 다른 일이 없으면 거의 매일 학교에 나갔고 웬만하면 토요일에도 늦게까지 연구실을 지켰다. 그런데 더운 여름에 에어컨 없이 지내는 것이 좀 측은하게 보였을 수 있다. 아니면 자신이 좀 불편해서일 수도 있다. 그는 어릴 때부터 풍족하게 자랐고 그때도 경제적으로는 꽤나 넉넉했다. 신임 교수로 연구실을 비워놓기가 미안할 텐데 무더운 여름에 에어컨 없이 연구실에 앉아 있는다는 것은 상상만 해도 힘들었을 것이다. 그런데 선배 교수이면서 학과장이었던 내가 에어컨을 틀지 않는데 갓 부임한 젊은 교수가 시원한 방에 앉아 있기가 미안했을 수 있다. 어쩌면 내가 학장의 반대에도 불구하고 그의 임용을 끝까지 밀어붙인 사실을 알았을 수도 있다. 그때 학장의 반대가 별로 합리적이지 않았고 학과의 이익과 개인적 소신에 어긋났기 때문에 천성에 어울리지 않게 고집을 좀 부렸다. 앞으로 학장과의 관계가 불편할 수도 있기에 그에게는 그 사실을 알려주지 않았지만 다른 경로로 알았을 수도 있다. 그래서 에어컨으로 고마움을 표시하려 했는지도 모른다.

어쨌든 나는 에어컨이 전혀 필요 없고 그렇게 비싼 선물은 결코 받을 수 없다고 강하게 거절했다. 그런데 그는 이미 값을 다 지불했고 설치 기사가 에어컨을 가지고 내 연구실로 가고 있다고 했다. 그의 고집도 상당해서 한참 싸우다가 내가 먼저 약해지기 시작했다. '달아놓고 틀지 않으면 되지 뭐!'

그런데 내가 목소리를 좀 높였던 모양이다. 부엌에 있던 아내가 놀라서 옆에 와서 듣고 있더니 내가 조금 양보하는 것같이 보이자 “전화 이리 주세요!” 했다. 평소에 큰소리치는 일이 한 번도 없었던 아내가 놀라울 정도로 단호하고 앙칼지게 “절대로 안 됩니다. 다시 가져가세요!” 하고 소리쳤다. 동기야 어쨌든 선물을 주겠다는 사람인데 마음을 너무 상하게 해서는 안 될 것 같고 기사는 이미 연구실로 가고 있으니 사태는 수습해야 될 것 같았다. 수화기를 다시 받아 해결책을 제시했다. 내 연구실에는 안 되니 B 교수 연구실에 그 에어컨을 설치하라 했다. B 교수는 그때 안식년으로 외국에 나가 있었기 때문에 학과 사무실에서 조교로부터 방 열쇠를 받아 설치하면 된다고 했다. 몇 달 후에 귀국한 B 교수는 ‘웬 떡이냐!’ 했겠지만 나에게는 그 경위를 묻지 않았고, A 교수에게는 유난히 친절했다.

내가 이사장으로 재임했던 밀알복지법인은 말라위의 굶는 어린이들을 위해서 오랜 기간 많은 식량을 원조했다. 우리나라나 말라위 양쪽에서 이런저런 어려움을 주었지만 생색내지 않고 순수한 인도주의를 꾸준히 실천했고 나도 그것을 적극 후원했다. 마침 서울대학교에서 사회봉사상을 받았는데 상금 2000만 원에서 떼어진 세금 400만 원을 내 돈으로 메꿔서 전액을 그 나라 어린이들을 위한 식량 구입에 보태기도 했다. 굶는 사람은 무조건 먹여야 한다는 것이 나의 소신이다.

그런데 어느 날 법인에서 말라위 원조를 담당하고 있던 직원이, 도움을 받은 그 나라의 화가 한 분이 감사 표시로 자신의 그림 한 점을 우리 법인에 기증하겠노라 했다고 보고했다. 그리고 그 그림은 이사장이 가졌으면 좋겠다고 제안했다. 나는 그렇지 않아도 말라위의 한 유명 화가의 그림 한 점을 거실에 걸어두고 가보처럼 소중하게 아끼던 터라 그 직원의 제안을 반갑게 수용했고 그림이 오기를 은근히 기다리기까지 했다.

얼마 후 직원으로부터 전화가 왔다. 그림이 도착했다는 것이다. 그리고 바로 우리 집으로 가지고 오겠다 했다. 나는 기분이 들떠서 아내에게 그 사실을 알렸다. 그런데 평소에 말수가 적은 아내가 느닷없이 한마디 던졌다. "그래도 돼요?" 아내의 말에 뒤통수를 한 대 얻어맞은 것 같았다. 정말 '그래도 돼?' '내가 무슨 권리로 그 그림을 갖지?' 화들짝 정신이 들어, 우리 집으로 오고 있는 직원에게 급하게 전화를 걸었다. 즉시 되돌아가서 그 그림을 법인 사무실에 두었다가 거액 기부자에게 드리는 것이 좋겠다고 했다. 그 후 나는 법인 사무실에 갔어도 그 그림을 보려 하지도, 누구에게 선물했는지 물어보지도 않았다.

나는 우리가 모두 정직하고 공정하게 행동해야 한다고 역설해 왔고 내 딴에는 그렇게 하려고 노력해 왔다. 그러나 크고 작은 유혹과 압력에 계속 무너질 뿐 아니라 어떤 때는 그것이 압력이고 유혹인지도 모른 채 위선자가 되고 만다. 그러나 아내 덕으로 적어도 두 번만은 위선자가 되는 것을 면할 수 있었다. '고맙지 뭐!'

걷기 자랑*

몇 년 전까지만 해도 걷는 것이 자랑이 될 줄은 상상도 못 했다. 집은 없어도 자동차는 있어야 하고, 차의 크기로 탄 사람의 값을 매기는 세상에 걷는 것이 어떻게 자랑이 되겠는가?

사실 걷는 것에 나만큼 질린 사람도 별로 없을 듯싶다. 내가 자란 마을에는 바퀴 달린 것이라곤 소달구지 두어 대뿐이었고, 그 위에 올라앉은 머슴은 동네 아이들에게 우상이었다. 그가 앞을 보고 있는 동안 소달구지 뒤에 몰래 올라앉아 들키기 전까지 몇 초 타보는 것이 친구들 사이에 큰 자랑거리였다.

* 20여 년 전 대학교수로 재직하던 시절에 쓴 글이다.

경주중학교에 유학할 때는 주말마다 40여 리를 걸어야 했다. 더구나 월초에는 먹을 식량을 지고 제일 가까운 기차역까지 20리를 걸어야 했다. 힘이 약한 나에게 한 달 먹을 쌀을 메고 산을 넘는 것은 큰 고역이었다. 먼지가 뽀얗게 쌓인 길가에 수십 번 쉬지 않으면 안 되었다. 고등학교에도 걸어 다녔고 대학에도 주로 걸어야 했다. 탈 차도 별로 없었지만 있어도 차비가 없어 걸을 수밖에 없었다. 유학 때 사서 타고 다닌 고물 자전거가 바퀴 달린 첫 재산이었으나 비바람이 몹시도 강한 네덜란드에서 역풍에 자전거를 타는 것은 걷는 것보다 더 힘들었다.

그러다가 15년 전 운전면허증을 따고 자동차를 샀을 때 갑자기 거인이 된 기분이었다. 내 다리 이외에 다른 것이 나를 싣고 다니고, 내 팔이 아닌 다른 힘이 무거운 책가방을 운반해 준다는 것이 신기하고 고마웠다. 몇 년 후에는 자동차가 없으면 어떻게 살 수 있을까 싶을 만큼 자동차에 의존하게 되었다. 그래서 겨울에 내리는 눈은 가파른 언덕길 꼭대기에 사는 나에게 적지 않은 걱정거리였다. 누구보다 먼저 일어나 눈을 쓸고 연탄재를 뿌렸다.

그러던 내가 2년 전부터 걸어서 출근하기 시작했다. 학교까지 걷기에는 거리가 너무 멀어서 전철역까지만 걷고 거기서

부터는 마을버스를 탄다. 집이 높은 곳에 있기 때문에 출근 때는 25분쯤 걸리고, 퇴근 때는 5분이 더 필요하다. 그래도 버스 기다리는 시간까지 합쳐서 편도에 50분 이상 걸리지 않는다.

물론 걸어서 출퇴근하게 된 것은 몇 가지 좋은 조건들이 갖추어졌기 때문이다. 우선 값이 싸서 구입한 집터가 후에 옮기게 된 학교와 가까운 것이 그 하나고, 학교와 집 사이를 가로막고 있는 산 중허리에 새 길이 난 것은 기대하지 못했던 복이었다. 새로 난 길에는 가로수가 차도와 인도를 갈라놓았고, 산을 깎아서 만든 새 길이라 봄여름에는 우거진 나무의 향기를 맡고 가을에는 낙엽을 밟으면서 걸을 수 있었다. 서울에서 이런 길을 걸으며 출근할 수 있는 행운아는 그렇게 많지 않을 것이다.

우선 이 길을 걸음으로써 시간이 크게 절약된다. 월요일 아침처럼 교통이 유달리 복잡할 때는 거의 서 있는 것이나 다름없는 자동차 수십 대를 앞질러 걸을 수 있고, 다른 시간에는 자동차보다 30여 분 더 걸려도 전체적으로는 출퇴근 시간이 짧아졌다. 거기다가 이렇게 걸으니 쉰 살이 넘은 직장인들에게 꼭 필요한 운동을 따로 하지 않아도 된다. 출근과 운동 두 가지를 한꺼번에 할 수 있으니 그만큼 시간을 절약할 수 있게 되었다. 중년이 넘은 직장인에게 걷기보다 더 좋은 운동이 없다는 글을 읽으니 더욱 신이 나서 운동 효과가 나도록 빨리 걷는다. 오르막이나 내리막을 똑같은 속도로 걷고, 차도를 걸으면 힘이 적게 드는데도 불구하고 힘이 많이 드는 인도를 고집한다. 특히 퇴근 때는 가파른 언덕길을 7~8분 올라가야 하는데 빠른 걸음으로 헐떡거리며 오르면 겨울에도 땀이 난다. 특히 여름에는 온몸을 흠뻑 적신 땀을 목욕물로 씻어내면 이 세상에 그보다 더 시원한 것이 없다. 이렇게 걷기 시작한 뒤부터는 그전에 늘 나를 괴롭히던 소화불량이 깨끗하게 사라지고 전보다 훨씬 더 활발하게 움직일 수 있게 되었다.

걸음으로써 얻는 이익은 시간 절약과 운동으로 끝나지 않는다. 전보다 생각할 시간이 훨씬 많이 생겼다. 30분 걷는 동안 쉬지 않고 생각할 수 있고, 아무 방해도 받지 않고 깊이 생각할 수 있게 되었다. 전화도 걸려오지 않고 다른 차에 신경 쓸 필요도 없다. 가끔 길 건널 때 양쪽을 살피는 것 외에는 생각에 몰입할 수 있다. 나처럼 생각으로 먹고사는 사람에게는 이것이야말로 엄청난 복이 아닐 수 없다. 그뿐 아니라 걸으면 앉아 있을 때보다 생각이 더 잘된다. 그래서 잡문이나 논문을 쓰거나 강의를 준비할 때는 떠나기 전에 자료를 읽어두고 걸으면서 그것을 정리하고 새로운 것들을 생각해 낸다. 너무 잘되기 때문에 어떤 경우에는 학교에 갈 일이 없어도 단순히 생각하기 위해 걸어서 출근한다. 그리스의 철학자 아리스토텔레스는 걸어 다니면서 강의를 했다 하여 소요학파(逍遙學派)라 불렀다 하거니와, 걸으며 생각해 본 사람은 왜 그가 그렇게 강의했는가를 알게 될 것이다.

요즘은 출퇴근뿐만 아니라 다른 모임에도 되도록 지하철을 타고 나머지는 걸어간다. 최고급 호텔에도 걸어 들어가고, 기사 딸린 차를 타고 오는 사람들이 참석하는 회의에도 나 혼자 걸어간다. 호텔 수위들이 수상쩍게 바라보고 기사들이 차를 대령하는 사이로 유유히 걸어 다녀도 초라하게 느껴지지 않는다. 오히려 차만 타고 다니기 때문에 헬스클럽에서 비지땀 흘리면서 자전거 헛바퀴를 돌리거나 괜히 륙색(등산용 배낭)을 메고 땀을 뻘뻘 흘리면서 산에 오르는 사람들을 보면 하나님께서 일하라고 주신 시간과 힘을 엉뚱한 데 낭비한다며 놀려주고 싶고, 나처럼 걸어서 출근하면 일거삼득(一擧三得)인데 하며 자랑하고 싶다. 자랑할 것이 오죽 없으면 그까짓 것을 다 자랑하겠는가라고 측은하게 여길 수도 있겠지만, 자랑할 것이 별로 없어서 그런지는 몰라도 나에게는 걸어서 출근하는 것이 꽤 괜찮은 자랑거리라고 주장하고 싶다.

종북 좌파로 분류된 나의 '북한 비판 이야기'

내가 받은 복 가운데 하나는 수많은 나라를 방문할 수 있었다는 것이다. 주로 북미와 유럽 여러 나라에 갔지만 남미, 오세아니아, 동남아, 아프리카, 중앙아시아 등 무려 54개국에 가보았다. 대부분 유학, 학회, 강연, 설교, 회의, 견학, 구호, 방송, 선교, 출장 등의 목적으로 한 여행이었지만 간 김에 시간을 내어 관광을 한 경우도 여러 번 있었다. 초등학교 2학년 때 처음으로 자동차란 것을 봤는데 달려오는 트럭이 너무 무서워서 친구 한 놈과 함께 물이 가득 찬 길가 도랑에 뛰어들어 바지를 온통 적신 일이 있었다. 그런 촌놈이 이렇게 온 세상을 두루 누볐으니 말 그대로 '출세(出世)'한 것이다. 아들과 손녀 둘은 외국에서 태어났으니 보수적인 유교 가정이 국제화되었다고 할 수 있다.

그런 여행이 내가 세상을 보는 눈에 영향을 미친 것은 당연하다. 비록 윤리적 상대주의에는 비판적이지만 문화 다원주의는 쉽게 수용하게 되었고, 윤리적 가치를 제외한 가치 상대주의도 상당할 정도로 인정하게 되었다. 특히 아프리카의 가난한 몇 나라는 인간이 당하는 고통이 얼마나 억울한가를 절감하게 했으며 모든 사치는 범죄란 생각을 심어주어 나를 노랑이로 만드는 데 일조했다. 노르웨이에서는 식비를 줄이기 위해 가게에서 빵과 우유를 사서 공원에 신문지를 깔고 앉아 먹었고 호텔 비용을 아끼기 위해 이동은 주로 밤 기차를 이용한 것은 잘 잊히지 않는다.

이미 1970년대에 나는 학생들에게 여행을 권유했다. 우리와 다른 문화를 가진 곳이면 선진국, 후진국 가릴 필요가 없다고 했다. 자신과 우리 것을 가능한 한 올바로 알고 평가하려면 다른 것을 알고 보는 것이 필요하기 때문이다. 교회에서도 젊은 목사들에게 유학을 권유했고 실제로 많이 도왔다. 신학을 더 깊이 연구하기 위해서가 아니라 교회 지도자는 문화와 사회를 좀 더 객관적이고 포괄적으로 이해할 수 있어야 한다고 믿기 때문이었다. 그 덕으로 한때 나는 교역자를 유학 보내는 사람으로 교계에 알려졌다.

북한은 2002년에 홍정길 목사, 윤영관 교수 등 남북나눔운동 관계자들과 함께, 그리고 2005년에 이재서 박사 등 세계밀알연합회 임원들과 같이 두 번 방문했다. 두 번 다 북한을 돕는 일과 관계된 것이었다. 김일성, 김정일 동상이 있는 만수대나 그들의 시신이 안치된 금수산 태양궁에는 방문하지 않는다는 조건을 달았기 때문에 그것들은 보지 않았다. 그 대신 단군묘, 김일성과 김정일을 기념하는 향산 지하 궁전은 구경했고 봉수교회 예배에도 참석했다. 잘못된 이념이 가져올 수 있는 해악이 얼마나 큰가를 직접 목격할 수 있어서 철학하는 사람으로 느낀 바가 많았다.

1965년 네덜란드 암스테르담자유대학교에 입학하자마자 나는 그때 우리나라에서 금기 사항이었던 마르크스 철학 강의를 듣고 그의 초기 저서들을 읽었다. 인간과 사회에 대한 그의 분석과 비판에 많은 인상을 받았으나 그의 인간관은 근본적으로 잘못되었다고 판단했다. 이미 칼뱅주의의 '인간의 전적 부패' 교리에 철저히 감염되어서였는지 모르지만 나에게는 인간의 본성에 대한 그의 전제가 지나치게 낙관적이고 따라서 피상적이었다. 경제적 생산관계가 중요한 것은 사실이지만 그것이 마르크스가 생각한 것처럼 사람의 사고와 가치관을 전적으로 결정한다고 주장하는 것은 너무 단순하고, 그런

전제에 입각해서 사회를 바꾸는 것은 매우 위험하다.

비록 북한이 마르크스주의에 철저히 충실했던 것은 아니지만 그 이념을 빙자한 독재는 비참한 결과를 낳고 말았다. 수천 년간 같은 지역에서 같은 문화로 이어온 남한과 북한이 이렇게 달라진 것은 이념의 차이 때문이고 어느 것이 우월한가는 불문가지였다. 그때 목격한 것과, 2020년에 중국 쪽 압록강 변을 따라 여행하면서 바라본 북한 주민들의 삶은 너무 비참했다. 숨이 막힐 정도로 자유가 억압되었으며 너무 많은 거짓이 모든 것을 지배했다. 많은 호기심을 가지고 방문한 김일성 대학은 김정일이 얼마나 뛰어난 학생이었는가를 보여주는 데 너무 열을 올려서 말 그대로 구역질이 났다. 김일성 3부자, 레닌과 스탈린, 마오쩌둥, 폴 포트 등 독재자들이 죽이고 고문한 사람들을 생각하면 마르크스는 인류 역사상 가장 비도덕적이고 비인간적인 사상가였다고 할 수 있지 않나 싶다. 내 생각이 이런데도 한때 일부 보수파 사람들이 나를 '종북 좌파'로 분류했다. 그들의 이념적 편향성이 북한 정권에 못지않게 심각한 것 같다. 북한 정권의 이념은 확신이기보다는 지배 계층의 정치적 수단 혹은 생존 전략이라고 보기 때문이다.

아프리카에서 만난 '노랑이'

이 수필은 내가 쓴 「아프리카에서 만난 노랑이」를 김경숙이란 분이 영어로 번역한 것이다. 나는 이 수필을 언제 어디에 발표했는지 잊어버렸고 원문도 잃어버렸다. 그것을 번역하여 출판한 회사도 나의 허락을 요구하지 않았다. 그저 어느 날 이 수필이 실린 영어 수필집 한 권이 배달된 것이다.

그러나 나는 원문을 잃어버린 것이 애석하거나, 허락도 받지 않고 출판한 회사가 밉지 않다. 영어 번역이 너무 멋지고 원문보다 훨씬 더 좋기 때문이다. 나도 대학에서는 영문학을 전공했고 영어로 책도 쓰고 논문, 잡문도 더러 발표했기 때문에 영어에 대한 감각은 어느 정도 있다고 생각한다. 내가 영어로 쓴 어떤 글을《타임》지 도쿄 지부장이 읽고 영어가 멋지다 고 칭찬해 준 일도 있다. 그래서 내가 쓴 글을 번역한 영어가 어떤 수준이며 나의 느낌이 얼마나 잘 반영되었는지 정도는 알 수 있다. 그런데도 나는 내가 쓴 수필을 김경숙 씨만큼 번역할 자신이 없다. 감사할 따름이다.

(나의 한글 수필 원문이 사라졌기에 편집자인 교육의봄 공동 대표 송인수 선생이 김경숙 씨 영문 번역본을 다시 우리말로 번역했다. 두 글을 대조하며 읽으면 흥미로울 것이다.)

'A Miser' from Africa

I received a letter from Casim Side. The envelope was barely large enough for his big handwritings and was adorned with various stamps. He seemed to have written the address hurriedly. However, inside the envelope there was just a small piece of paper saying hello in broken English. Strangely, I felt attached to the note.

I met Side at Zomo Kenjata airport in Kenya last

summer. I was supposed to be taken to the hotel paid for by the airline company but the uniquely relaxed Africans seemed to delay us endlessly. One of the passengers, a big potbellied Arab, was complaining to a member of the staff and the feeling that we were in the same boat and the fact that we were getting bored allowed me to make friends with him easily. We accompanied each other everywhere when we were not sleeping. Not to mention having three meals together, we stuck with each other for sightseeing and for confirmation of our plane tickets. He went with me to Nairobi University even though it wasn't his big interest. He even volunteered to accompany me to the Korean embassy, which I managed to turn down with great difficulty. For my part, I escorted him to his appointment with a bank executive.

Maybe it was because we knew we were both stark misers that we could trust each other when we knew so little about each other and had merely exchanged greetings. A miser can tell other misers by intuition, at least those who are not cheating or too demanding. Although we went out so much together we never took a bus, needless to say a taxi, or offered each other a cup of tea. We came back to the hotel for every meal by all means as we knew meals were provided free of charge by the airline company. When his period of the free meals was over, Side ate out in a cheap restaurant near the hotel by himself. And as it was my favorite way of saving money, I didn't ask him to eat in the hotel with me.

I actually saved up a couple of ten thousand won thanks to him. The day after I arrived at Nairobi, my next flight was cancelled. The plane had to take the Zambian President to the African summit meeting. Side almost dragged me to the Zambian Airline office, saying we should seriously protest against it. The airline office of the poor country looked most pathetic and the staff were at a loss to see us. I felt sorry for them and couldn't ask for a hotel bill and food expenses. At that moment Side rolled up his sleeves and stepped toward them. He demanded they provide all my accommodation and meals until the next flight and even specified the accommodation to be the most expensive in Kenya, the Hilton. As a dealer in chemicals he travelled to every corner of Africa and through that he acquired the know-how to deal with such things. Anyway, thanks to him, I could enjoy the most expensive food and bed I had ever had.

Even his parting word was on how to save money: "Find a companion to the airport and cut down the fare by the half." Following his advice I got someone to share the taxi and he became my travelling companion to Zambia. The miser spirit I inherited from Side made it possible for me to travel in four countries for three weeks on only $500. Of course, I would skip meals when I found the hotel meals too expensive or live on the dry food taken from the airplane.

One day Side, saying his son collects stamps, picked up an envelope in the street. I bet he wrote me because he wanted stamps rather than to know how I was doing. A miser will take advantage of every opportunity. Even so, and despite his ridiculous behavior, I find it impossible not to feel affectionate towards him.

'카심 사이드'로부터 편지를 받았다. 봉투는 크기가 그의 큰 글자들을 담기에 빠듯했고, 다양한 우표로 가득했다. 주소도 급히 쓴 것 같았다. 봉투 안에는 서툰 영어로 안부를 전하는 작은 쪽지 한 장만 달랑 들어 있었다. 그러나 이상하게도 그 편지가 마음에 들었다.

내가 그를 만난 것은 작년 여름 케냐의 조모케냐타공항에서였다. 항공사에서 제공하는 호텔로 가기로 되어 있었는데, 항공사 직원들은 늑장을 부리며 한도 끝도 없이 일 처리를 늦추고 있었다. 그때 배가 불룩한 아랍인 승객 한 명이 나서서 직원들에게 항의했다. 처지가 같다는 느낌에다 지루한 일정 때문에 우리는 쉽게 친구가 되었다. 잠을 자지 않을 때는 어디든 함께 다녔다. 세끼 식사를 함께한 것은 말할 것도 없고, 관광이나 비행기표를 확인할 때도 서로 붙어 다녔다. 그는 별 관심도 없는 일인데도 나와 함께 나이로비대학교까지 가주었다. 심지어 한국 대사관까지도 자청해서 동행하려 했다. 만류하느라 무척 힘들었다. 나 역시 그가 어느 은행 임원과 만나는 자리에 함께 가주기도 했다.

서로에 대해 아는 것이 거의 없고 인사 정도만 했을 뿐인데도 우리 둘 사이엔 신뢰가 생겼다. 둘 다 철저한 노랑이라는 것을 알았기 때문이다. 무릇 노랑이들끼리는 직감으로 서로를 알아보기 마련이다. 물론 사기를 치거나 요구 사항이 지나친 경우가 아니라야 한다. 함께 많이 돌아다녔지만 우리는 버스를 탄 적이 없다. 택시는 더 말할 것도 없다. 서로에게 차 한 잔 대접하지 않았다. 외출했다가도 우리는 삼시 세끼 식사 때에는 어김없이 호텔로 돌아왔다. 항공사에서 무료로 식사를 제공한다는 것을 알고 있었으니까. 사이드는 항공사가 공짜로 호텔 식사를 제공하는 기간이 끝나자, 호텔 근처의 싸구려 식당으로 나가 혼자 식사했다. 나는 그에게 호텔에 와서 함께 밥 먹자고 권하지 않았다. 나 역시 그처럼 '혼밥'으로 돈을 아끼는 것이 몸에 뱄기 때문이다.

그 친구 덕분에 실제로 몇만 원을 절약할 수 있었다. 나이로비에 도착한 다음 날, 내가 타고 갈 비행기가 취소되었다. 아프리카 정상 회담에 참석하기 위해 잠비아 대통령이 그 비행기를 타고 간 것이다. 가만있으면 안 된다며 사이드는 잠비아 항공사 사무실로 나를 질질 끌다시피 데려갔다. 나라가 가난한 탓인지 항공사 사무실은 매우 초라해 보였고 직원들은 우리를 보고 어찌할 바를 몰라 했다. 나는 그 사람들이 안쓰러워 도저히 호텔비와 식비를 요구할 수 없었다. 그 순간 사이드가 옷소매를 걷어붙이고 직원들에게 갔다. 다음 비행기까지 내 모든 숙박과 식사 문제를 해결하라고 나 대신 요구했고, 심지어 케냐에서 가장 비싼 힐튼호텔을 숙소로 지목하기까지 했다. 화학 제품 판매 일로 아프리카 곳곳을 여행하다 보니, 이런 종류의 일 처리 노하우가 몸에 밴 것 같았다. 어쨌든 그 덕분에 나는 내 평생 누려본 것 중 가장 비싼 음식과 침대 생활을 누릴 수 있었다.

헤어질 때도 그는 내게 잊지 않고 돈 아끼는 방법을 일러주었다. "공항까지 함께 갈 승객을 찾아서 요금을 반으로 줄여!" 그의 조언대로 나는 택시 합승 할 사람을 구했고, 그 승객과 함께 잠비아까지 갔다. 사이드가 물려준 노랑이 정신 덕분에 나는 3주 동안 4개국을 달랑 500달러로 여행할 수 있었다. 호텔 식사가 비싸다고 느낄 때는 식사를 거르거나 비행기에서 가져온 건조식품으로 연명했음은 물론이다.

어느 날 사이드는 자기 아들 취미가 우표 수집이라며 길에서 (우표가 붙은) 편지봉투를 주웠다. 내게 편지를 보낸 것도 내 안부가 궁금해서가 아니라 한국 우표가 붙은 봉투를 받고 싫어서였을 것이다. 노랑이에겐 버릴 것이 없다. 행동은 우스꽝스럽지만, 아프리카에서 만난 그 노랑이가 은근히 마음에 든다.

아프리카 경찰청장의 명함

잔지바르는 아프리카에서 가장 유명한 휴양지의 하나다. 그 섬 동쪽에 있는 비취색 바다만큼 아름다운 바다를 나는 아직 보지 못했다. 영국의 식민지였다가 1963년에 탕가니카와 통합하여 탄자니아로 독립했으나 자체의 대통령과 경찰청장을 둔 부분적 자치 국가다.

내가 잔지바르에 간 것은 거기서 열린 국제기아대책기구의 아프리카 지역 대회에 이사장 자격으로 강연하기 위해서였다. 행사가 끝나고 나는 뜻밖에도 그곳 경찰청에 가게 되었다. 경찰관들에게 태권도를 가르치는 국제기아대책기구 소속의 한국인 사범이 수강생들에게 격려의 말 한마디 해달라고 요청해서다. 건장한 아프리카 경찰들이 태극기가 새겨진 도복을 입고 한국어 구호에 따라 태권도를 연습하는 장면이 신기하고 반가웠다. 나는 관광객들에게는 안전이 중요하니 태권도를 잘 배워서 치안을 유지하면 관광객들이 더 많이 올 것이라고 격려했다.

사범은 경찰청장도 만나기를 원했다. 바로 그 청장의 요청으로 태권도를 가르치게 되었으므로 감사 인사도 하고 계속 잘 돌보아 달라는 부탁도 해달라고 했다. 자치 국가의 경찰청장은 내무부 장관과 맞먹는 지위라 몇 단계 과정을 거쳐야 겨우 만날 수 있었다. 청장은 해외 유학까지 다녀온 엘리트로 아프리카인 특유의 쾌활함과 더불어 지휘관다운 위엄도 있었고 매너와 영어가 깔끔했다.

나는 관광객들이 밤에도 해변을 산보할 만큼 잔지바르의 치안이 잘되어 있다고 아첨하고는 한국도 사람들이 밤에 안심하고 돌아다닐 정도로 안전하다고 자랑했다. 그리고 무기도 없이 공권력을 효과적으로 행사하는 데는 태권도가 적격일 뿐 아니라 인내력, 신사도, 용기 등을 훈련하는 데는 태권도만한 것이 없다고 아는 척했다. 청장은 나의 말에 전적으로 동의하면서 무료로 훈련시켜 주는 것에 대한 감사 인사를 잊지 않았다. 면담을 끝내고 일어서면서 나는 나의 명함을 건넸고, 그도 자신의 지위를 과시하기 위함인지 전화번호가 대여섯 개나 인쇄된 청장 명함을 꺼내서 주었다.

다음 날 우리 일행은 귀국 길에 올랐다. 현지 단원 한 분이 사람 머리만큼 큰 소라 껍데기들을 일행에게 선물했다. 세탁할 옷으로 겹겹이 감싸서 가방 한가운데 고이 집어넣었다. 그런데 공항에서 짐 검사를 하던 세관 직원이 그것을 트집 잡아 돈을 요구하는 것이었다. 반출이 금지된 품목이 아닌데도 횡설수설하면서 짐을 모두 뒤지겠다고 위협했다. 나는 법을 어겼으면 벌을 받겠으니 마음대로 하라 했다. 엄포가 먹히지 않자 그는 엉뚱하게도 잔지바르의 환경 보존을 위하여 기부를 좀 해주면 영수증을 써주겠다고 했다. 나는 환경 보존을 위해서는 얼마든지 기부하겠으나 그런 식의 강요에는 응하지 못하겠다고 단호하게 잘랐다. 자기 설득도 먹혀들어가지 않자 그는 짐을 뒤지다 말고 다른 일로 바쁜 척하면서 왔다 갔다 시간을 끌었다. 비행기 출발 시간은 다가오는데 우리는 애가 탈 수밖에 없었다.

그냥 돈을 좀 주어버릴까 생각도 했다. 그러나 그런 짓 말라고 수없이 경고한 내가 그럴 수는 없었다. 난감해하던 차에 문득 생각난 것이 그 전날 받은 경찰청장의 명함이었다. 가방을 뒤지니 틈틈이 읽던 소설 책갈피에 그 명함이 끼여 있었다. 젊은 일행을 시켜 세관원에게 보여주자 그의 태도가 180도로 달라졌다. '저 조그마한 한국 노인이 어떻게 해서 자기 나라 경찰청장 명함을 가지게 되었을까?' '혹시 내가 한 짓을 경찰청장에게 이르지는 않을까?' 어쨌든 그는 짐을 챙겨 가라면서 경찰청장에게 이르려면 이르라고 자기 명찰이 달린 가슴을 앞으로 내밀었다. 잘못한 게 없다고 큰소리치면서도 잔뜩 겁을 먹은 것이 분명했다.

나는 그동안 무수한 명함을 주고받았다. 이제까지 명함이란 그저 처음 만나는 사람에게 자신을 소개하는 수단으로만 알고 있었다. 그런데 무심코 받은 명함이 이처럼 큰 힘을 발휘할 것이라고는 미처 몰랐다.

나는 잔지바르 경찰청장의 명함을 부패한 공무원의 나쁜 손을 뿌리치는 데 이용했지, 부당한 사익 추구에 악용하지는 않았다. 그런데도 불구하고 그 명함이 본래의 목적과는 다르게 사용된 것은 분명하다. 모든 힘은 부패할 경향을 가지고 있다고 존 달버그-액턴(John Dalberg-Acton)이 주장했다. 권력 있는 사람의 명함도 힘이 되어 부패에 이용될 수 있음을 그때 발견했다. 내가 만약 반출이 금지된 물품을 가지고 나오다가 들켰더라도 같은 명함으로 문제를 해결하려 했을 수 있다. 나와 경찰청장의 관계가 어떤 것인지 모르는 관리로서는 원칙대로 나를 제재하기보다는 눈을 감는 것이 자신에게 더 편할 수 있기 때문이다.

어떻게 하다가 나는 한국의 검찰총장 명함을 받은 적이 있다. 어디 두었는지는 모르지만 악용할 유혹을 받기 전에 빨리 찾아 없애야겠다. 돈이 없으면 도둑맞을 가능성이 없듯, 권력자의 명함이 없으면 최순실은 되지 않을 거니까. 그러나 조개껍질이 아니라 잔지바르 경찰청장의 그 명함은 기념품으로 보관해야겠다. 내가 그 섬에 다시 갈 기회는 오지 않을 테니까.

공직 회피, 20개 이사장 자리

1980년대 후반부터 시민운동에 많이 관계하게 되면서 신문 칼럼, 방송 출연 등으로 언론에 많이 알려졌다. 지인들은 혹시 내가 정치계나 공직에 뜻을 둔 게 아닌가 의심하고 물어보는 경우가 많았다. 실제로 청와대에서 국회의원 공천을 약속했고 총리직 의향을 타진한 적이 있으며 새마을회장직을 제의한 적이 있다. 신문에도 여러 번 고위직 후보로 이름이 올랐다.

나도 한국 남자인데 왜 명예욕, 권력욕이 없었겠는가? 유혹에 거의 넘어갈 뻔한 적도 있었다. 그러나 하나님 은혜로 그 고비를 잘 넘겼다. 가족도 모두 강하게 반대했지만 그보다도 나의 능력과 한계를 내가 잘 알았기 때문이었다. "내가 그 자리에 앉으면 나도, 그 자리도 망합니다." 하고 사양했다. 돈과 권력이 생기는 곳에는 서지 않기로 했다.

그 원칙을 딱 한 번 어긴 것이 2004년에 동덕여대 총장이 된 것으로, 큰 실수였고 일생에서 가장 큰 흠이었다. 그전에도 세 대학에서 총장 제안이 있었고 그 뒤에도 두 대학이 요청했지만 모두 거절했는데, 동덕여대의 요청도 사양했으나 끝까지 버티지 못한 것이 화근이었다. 마키아벨리의 세상 지혜를 너무 무시했고 어떤 교수가 지적한 '편협한 도덕주의'에 충실한 것이 화근이었다. 돈과 권한이 생기는 곳에서는 '그리스도인이 지켜야 할 최소한의 양심'도 지킬 수 없음을 절감했다.

그러나 교수직을 유지하면서 돈이나 권력이 생기지 않는 공적 임무는 많이 수행했다. 초대 정부 공직자윤리위원으로 차관들과 싸워가면서 공직자 재산 신고 항목에 주식을 포함시키는 것을 이뤄낸 일은 지금도 뿌듯하다. 어쨌든 그 위원이었다 해서 국민훈장 모란장을 받았다. 12년간 대검 감찰위원회 위원장을 지냈으며, 서울시 공직자윤리위원장, 세종문화회관 이사장도 해봤다. 지금도 10년째 국방부 중앙전공사상 심사위원장으로 섬기고 있다. 한때는 시민단체, 복지 기관, 기독교단체 들의 이사장 자리를 스무 개나 가졌고, 지금도 이사장 자리 세 개, 명예 이사장 자리가 세 개나 된다. 선의를 가지고 공익을 위하여 활동하려는 젊은 사람들이 세상에 너무 알려지지 않아 내 이름을 좀 이용하자고 요청하는 것을 거절하지 못하고 수락하다 보니 그렇게 많아졌다. 수당이나 회의비는커녕 모두 회비를 내야 해서 한때는 그렇게 바친 돈이 한 달에 100만 원이 훨씬 넘었고, 지금도 부담이 될 정도로 내고 있다.

그러나 명예나 돈이 아니라 공익, 특히 약한 사람들을 위해 봉사할 수 있었던 것은 복이므로 후회하지 않는다.

교육자로서 보람찬 일생

시민운동, 학문, 선교, 교회, 윤리 등 여러 분야에서 활동했지만 역시 나의 주업은 가르치는 일이었고, 모든 다른 활동도 교육자의 신분으로 수행했다. 내가 받은 달란트는 역시 가르치는 것이었고 거기서 가장 큰 보람을 느꼈다.

교육에서 가장 강조한 것은 학생이 알아들을 수 있게 가르치는 것이었다. 이해하기 어려운 철학을 쉽게 가르치려고 노력한 결과, 한국에서는 철학을 가장 쉽게 가르치는 사람이란 평을 받았다. 적어도 내가 이해하지 못한 것을 지껄이는 거짓은 범하지 않으려고 노력했다.

그러나 잘 가르치는 일보다 더 중요한 것은 학생이 공부하도록 하는 것이다. 대학원 강의는 방학에도 계속했고 학부 학생들에게는 감당하기 힘들 정도의 숙제를 요구해서 원망을 듣기도 했다. 유학 시절에 옥스퍼드에 가서 그 대학 철학 조교였던 렉스 앰블러로부터 그가 학생들의 철학 숙제를 평가하는 방법을 들었는데 처음에 제출한 논문은 무조건 낙제시킨다고 했다. 거기서 암시를 받아 나도 내가 지도하는 박사 과정 학생의 학위 논문은 아무리 우수하더라도 이런저런 구실을 만들어 반드시 다시 쓰게 했다. 물론 능력이 있기 때문이겠지만 고쳐온 논문은 월등하게 개선되었고 그들 대부분이 대학 교수가 되어 잘 가르치고 있다. 은퇴한 지 20년이 지났는데도 매년 정초와 스승의 날에 빠지지 않고 모여서 식사를 대접해 준다. "학생과 찰떡은 치면 칠수록 맛이 난다."가 내가 학생들에게 자주 들려준 농담이었다.

기본적인 도덕성이 부족하면 공부를 잘해도 지도자가 될 수 없다는 생각에 시험을 무감독으로 치렀다. 강사로 나간 총신대와 고신대에서 시작했고 그 뒤 서울대 사회교육과에서도 시행했다. 학교 시험 같은 것에서 부정의 유혹을 이기지 못하는 사람은 사회 지도자가 되어서는 안 된다고 간단하게 잔소리를 한 다음, 시험 문제만 제시하고 교실에서 나와버렸다. 어느 신학교에서 시간 강사로 한 과목을 가르쳤는데 무감독 시험이 난장판이 되었다는 소식을 듣고 그 반 전체 학생에게 F

학점을 준 일도 있었다. 그 경우 외에는 한 번도 실망한 적이 없다. 부정행위가 있으면 공부 잘하는 학생이 손해를 보기 때문에 그에게 물어보면 시험장 분위기를 알 수 있다. 오히려 답안지에 "우리를 믿어주셔서 감사합니다." 혹은 "우리가 무감독 시험을 볼 수 있다는 사실에 뿌듯합니다." 등의 소감을 표하는 학생들이 있었다. 나도 뿌듯했다. 한동대학교는 모든 시험이 무감독으로 시행되는데, 그런 훈련이 그 학교 졸업생들이 사회에서 인정받는 이유 가운데 하나가 아닌가 한다.

어쨌든 모든 자원 가운데 인적 자원이 가장 중요한 오늘날 그런 자원을 개발하는 데 일생을 보낸 것은 큰 복이었고, 군대에서 진로를 바꾼 목적을 조금이라도 이룰 수 있었으니 감사할 뿐이다. 모두가 하나님의 크신 은혜였으니 그저 감사할 따름이다.

칸트 책 때문에 십이지장 궤양으로 입원하다

독일 철학자 칸트는 글을 어렵게 쓴 것으로 유명하다. 그의 『순수 이성 비판』이 출판되었을 때 그 책을 이해한 사람은 아무도 없었다. 어떤 사람이 서평을 썼는데 칸트가 읽어보니 완전히 오해했다는 것이 드러났다. 좀 쉬운 입문서가 필요하다고 판단한 칸트는 『형이상학 서설』이란 좀 얇은 책을 썼는데 사람들은 입문서가 『순수 이성 비판』보다 더 어렵다고 불평했다. 나도 그의 『순수 이성 비판』과 하이데거의 『존재와 시간』, 그리고 에마뉘엘 레비나스(Emmanuel Levinas)의 『전체와 영원(*Tatalité et Infini*)』을 독일어와 프랑스어로 읽고 이해하느라 십이지장 궤양에 걸려 한 달 동안 입원한 적이 있다. 비록 어려웠으나 이 책들은 읽을 가치가 충분하고 서양 철학의 진로를 바꾸었다고 할 정도로 큰 영향을 끼쳤다.

19세기에 이르러 독일에는 칸트 못지않게 어렵게 쓴 철학자가 또 한 사람 있었다. 헤겔이었다. 그를 극도로 시기하고 미워했던 철학자 쇼펜하우어는 칸트는 글을 어렵게 써도 내용은 뛰어났지만 헤겔은 어렵게 쓰면 내용이 뛰어날 줄 알고 어렵게만 썼지 내용은 쓸모없다고 혹평하며, "더 애매한 것을 통해서 애매하게 만들었다(obscurum per obscurius)."라고 놀렸다. 그러나 역사는 헤겔 편을 들어주었다. 칸트 못지않게 헤겔도 위대한 철학자로 인정받았다. 물론 쇼펜하우어 자신은 매우 수려하고 쉬운 독일어로 책을 썼고, 그 책에 담은 사상도 결코 쓸모없지는 않았다. 한국에는 한때 어려워야 칸트나 헤겔처럼 심오하다고 착각한 학자들이 어려운 논문을 썼다가 아무도 이해하지 못해서 완전히 무시당한 경우가 없지 않았다.

그러나 그동안 세상이 많이 변했다. 이제는 심오한 책을 쓰는 사람도 많지 않지만 어려운 글은 읽으려는 사람도 거의 사라졌고, 읽지 않으니 내용이 뛰어나도 알 수가 없다. 그래서 나는 칸트도 전공했고 헤겔의 책에서도 많이 배웠지만 이제는 읽히지 않는 글은 제아무리 뛰어나고 아름다워도 좋은 글이 아니라고 생각하게 되었다. 물론 나도 이것이 바람직한 변화라고 생각하지는 않는다. 궤양에 걸리더라도 심오한 글을 읽고 이해하려는 사람들이 많았으면 좋겠다. 그러나 읽지 않으려는 글을 억지로 읽게 하는 것이 어디 그리 쉬운가? 아무리 영양분이 좋은 음식도 먹지 않으면 몸에 이익을 줄 수 없지 않은가?

그 때문에 나는 철학을 가르치면서 가장 힘쓴 것이 학생들이 알아들을 수 있게 하는 것이었고, 여러 책과 글을 쓰면서도 가능한 한 쉽게 쓰려고 의식적으로 노력했다. 그래서 나의 말과 글이 대단히 심오하다거나 독창적이란 소리는 별로 듣지 못했지만 "무슨 소린지 모르겠다."라는 반응은 거의 없었다. 그러나 "철학을 어렵게 하는 것은 쉽고, 쉽게 하는 것은 어렵다."란 말마따나 내용을 충분히 이해하지 못하면 쉽게 표현하는 것이 쉽지 않았다.

짐승은 다른 짐승에게 주기 위한 손이 없을 뿐 아니라 정보를 제공할 말도 하지 못하고 글도 쓸 줄 모른다. 오직 자신만을 위해 일생을 살다가 죽는다. 그러나 사람은 다른 사람이 없으면 생존할 수도 없거니와 인간답게 살지도 못한다. 그런데도 짐승처럼 다른 사람을 이용만 하고 혼자서만 잘 살려는 어리석은 사람들도 조금 있지만, 진정 바람직하고 인간다운 것은 서로 도우면서 같이 사는 것이다. 말과 글도 내 생각을 전하고 내 주장을 펴는 데만 쓸 것이 아니라 다른 사람 돕는 데 이용해야 좋고, 따라서 다른 사람이 이해할 수 있도록 말하고 써야 한다. 그래서 나는 말을 쉽게 하고 글을 쉽게 쓰는 것을 하나의 도덕적 의무이며 사랑으로 간주한다. 나치 정권에 항거한 독일 신학자 디트리히 본회퍼(Dietrich Bonhoeffer) 목사는 예수님을 "다른 사람을 위한 존재"라고 했다. 말과 글처럼 중요한 것도 다른 사람을 위해서 사용되어야 하지 않을까 한다.

방정맞은 의사 때문에 고통의 세월을 보내다

둘째 아이 정아가 태어난 지 얼마 안 된 어느 날, 퇴근하여 전세로 살던 집에 돌아왔더니 아내가 울고 있었다. 정기 검진차 병원에 갔는데 아이가 3개월밖에 살지 못할 것이니 슬슬 정을 떼라고 의사가 말했다는 것이다. 심장에 큰 소리가 나는데 심각하다는 내용이었다. 우리 부부 일생에 가장 암담하고 불행했던 3년이 그렇게 시작되었다.

그때부터 우리 부부는 죽을 아이를 업고 용하다는 의사와 병원을 찾아 서울은 물론 부산에도 가고 전주에도 갔다. 그러나 어느 의사도 그게 어떤 병인지, 어떻게 하면 고칠 수 있는지 말해주지 않았다. 우리나라에서 제일 유명하다는 S병원에 갔더니 간호사는 애가 운다며 뺨을 때리고, 아이를 진단한 의

사는 어떠한 설명도 처방도 내리지 않고 아주 근엄하고 낮은 목소리로 딱 한마디만 했다. "다음에 오세요."

그때 우리나라에서는 심장 수술에 필수적인 심폐기가 한 대도 없어서 심장 수술이 전혀 불가능했다. 미국의 한 자선 단체가 가난한 나라 어린이 심장 수술을 돕는다는 소식을 듣고 한국 대리인을 찾아갔으나 아비가 교수이기 때문에 수혜자가 될 수 없다 했다. 석 달이 지난 후에도 아이는 병든 것 같지 않게 잘 자랐다. 감사했지만 사형 선고는 해제되지 않았다.

그렇게 3년을 보낸 어느 날, 세브란스병원에 젊은 심장 전문의가 미국 유학 후 귀국했다는 소식을 듣고 바로 찾아갔다. 정말 오랜만에 의사다운 의사를 만났다. 아이의 병이 심실 중격 결손이란 것과 그것이 어떤 병인지를 그림을 그려가면서 상세히 설명해 줬다. 그리고 소리가 높은 것으로 보아 구멍이 크지 않을 것이므로 심각하지 않은 것 같다고 했다. 그러고 보니 사형 선고를 내린 의사는 소리가 큰 것으로 보아 병이 심각하다고 했는데 중학생 수준의 물리학 지식도 갖추지 못했음이 드러났다.

그러다가 1979년 역시 반 퍼슨 교수의 추천으로 네덜란드 순수학문지원재단의 학술 연구비를 받아 가족과 함께 1년간 네덜란드의 라이덴대학에 가게 되었다. 라이덴대학 부속병원은 유럽에서도 그 권위를 인정받고 있었으며 심장 전문 교수도 유명했다. 그곳에 도착하자마자 아이가 입원해서 정밀 검사를 받았는데 결과는 "수술이 필요 없다."라는 것이었다. 무능한 의사의 방정맞은 사형 선고 때문에 우리 부부는 이유 없이 3년간 지옥에서 헤맨 것이다.

그 후 딸아이는 이화여대 입학 때 받은 신체검사에서 그래도 수술하는 것이 좋다는 의사의 권유에 따라 세브란스병원에서 수술을 받았고, 지금까지 아무 후유증 없이 건강하게 활동하고 있다. 비록 불필요한 고통이었으나, 사람의 고통을 좀 더 잘 이해하고 고통받는 사람들을 동정하는 데 도움이 되었다. 모든 고난은 지나간 뒤에는 감사거리가 된다는 것을 아주 생생하게 체험했다. 그리고 전문가란 이름을 가진 사람은 자신의 말에 얼마나 큰 책임을 져야 하는지 뼈저리게 느꼈다.

교수 재수

나는 30년간 교수로 학생들을 가르쳤다. 강의를 들은 학생들이 사회에서 중책들을 맡아 잘 감당하니 보람 있고, 동료들과의 관계도 좋아서 행복했다. 그런데 나의 대학 경력에는 대부분의 교수들이 겪지 않은 특이한 이력이 하나 있다. 조교수, 부교수, 정교수 과정을 모두 한 번씩 재수한 것이다. 대학 입시에 낙방해서 재수하는 학생들은 더러 있지만 대학교수가 세 직위를 모두 한 번씩 떨어진 경우는 그리 흔하지 않다. '오죽 무능했으면 그런 수모를 다 겪었을까!' 사람들이 측은하게 여기기에 충분하다.

네덜란드에서 박사 학위를 받고 귀국한 나는 한국외국어대학교에 조교수로 취임했다. 그 뒤 박사가 많아졌을 때는 그 학위를 가졌더라도 전임 강사로 교수직을 시작했지만 1970년대에는 박사가 많지 않아 그 학위만 있으면 조교수가 될 수 있었다. 별 어려움 없이 10년간 재직하면서 정상적인 절차를 밟아 부교수를 거쳐 교수로 진급했고 정교수로 3년을 잘 근무했다. 그러다가 1983년에 모교인 서울대학교로 직장을 옮겼는데, 고 김태길 교수의 추천으로 초빙받게 되었음을 훨씬 뒤에 알았다. 그때는 아직 교수 공채 제도가 정착되지 않아 학문적으로나 사회적으로 인정받는 분들의 추천이 교수 임용에 중요하게 작용했다.

그런데 지금은 없어진 악습이지만 1970년대까지도 서울대학교는 텃세를 부려 다른 대학에서 전입한 교수는 무조건 조교수부터 시작하게 했다. 학계에 많이 알려졌던 C 교수는 다른 명문 사립대에서 단과대학 학장까지 역임했는데도 서울대학교로 옮기면서 조교수로 임명되었다. 처음부터 서울대에서 교수 생활을 시작한 후배들보다 더 낮은 직급을 갖게 되었으니 같은 학과에서 피차 얼마나 난처했겠는가? 그때도 서울대학교에 대한 대학 지망생들의 선호도는 좀 높았지만 교수들의 수준까지도 다른 대학 교수들보다 높다는 근거는 전혀 없었다. 그런데도 그런 텃세를 부린 것은 아마 서울대학교가 일제 강점기에 경성제국대학이 쓰던 시설을 이어받으면서 그

제국대학의 잘못된 오만까지 전수되었기 때문이 아닌가 한다.

그러나 내가 부임했을 1980년대 초에는 서울대도 철이 좀 들어서 그런 말도 안 되는 폐습에 변화가 생기기 시작했고, 나는 그 첫 수혜자가 될 수 있었다. 그런데 비록 그 유치한 전통의 직격탄은 아니지만 그 유탄은 맞고 말았다. 나의 연장자인 선배 교수 하나가 나보다 2년 먼저 다른 사립 대학에서 같은 학과로 옮겨오면서 그 폐습의 피해자가 되었고 내가 부임했을 때 그는 아직도 조교수로 남아 있었다. 연장자인 선배가 조교수로 있는데 늦게 들어온 후배가 그보다 높은 직급을 갖게 된다면 피차의 관계가 어색할 뿐 아니라 학과의 위계질서도 흐트러질 수 있다. 학과에서 좀 고민을 했던지 학과장 대신 학과에서 연세가 가장 많은 원로 교수가 연구실로 찾아와 이 상황을 어떻게 처리하면 좋겠느냐 하면서 걱정했다. 나는 긴말하지 않고 조교수로 시작하겠노라 했다. 선배 교수는 그다음 해에 부교수로 진급했고 나는 조교수로 시작해서 모든 직급을 차례로 재수했어야 했다.

요즘은 연구실 문에 교수 이름만 표시하지만 그때는 직급까지 밝혔기 때문에 내 연구실 문에는 '조교수 손봉호'란 문패가 붙었다. 가끔 방문한 중고등학교 친구들이 "니는 아직도 조교수냐?" 하며 놀리기도 했고, 인터뷰하러 찾아온 기자들도 좀 의아해하는 것 같았다. 대학에서 10년 이상 전임으로 가르쳤는데도 아직 조교수이니 아마도 논문을 쓰지 않았거나 썼어도 수준 미달로 여러 번 낙방한 줄 알았을 것이다. 물어보기 민망하니까 친한 친구 외에는 사연을 묻는 이가 없었고, 묻지도 않는데 변명할 수도 없어 교수로 진급되기까지 무능한 교수로 사람들의 동정을 받으면서 7년을 보냈다.

다만 그때는 국립대 교수 월급이 워낙 적어서 굶지 말라고 정부에서 급양비(給養費)란 것을 보태주었는데 조교수까지만 지급되었다. 다행히 그 액수가 조교수와 부교수 봉급 차이를 메꿔주기에 충분해서 그나마 위로를 받았다. 3년 후 부교수로 진급했더니 그때는 다시 부교수까지 급양비를 확대 지급해서 교수 봉급과의 차이도 보충되었다. 조교수, 부교수를 모두 재수했어도 금전적 손실은 그리 크지 않았다.

7년 후에야 비로소 교수로 진급되어 13년간 정교수로 근무했고 퇴직하자 명예 교수란 지위도 얻게 되었다. 그런데 지금은 아무도 내가 조교수, 부교수, 교수직을 재수했다는 사실을 기억하는 것 같지 않고 나도 그 사실을 거의 잊어버렸다. 그리고 돌이켜보니 그 재수가 나에게 어떤 해를 끼쳤거나 나쁜 결과를 가져온 것 같지 않다. 그때 만약 내가 그 원로 교수께 "나는 기분 나빠서 조교수로 시작할 수 없습니다." 하고 억지를 부렸다면 적어도 부교수는 되었을 것이다. 그러나 그때부터 나는 직급이 낮은 선배 교수는 말할 것도 없고 학과 내 다른 교수들에게도 예의도 모르고 양보할 줄도 모르는 이기주의자란 인상을 주었을 것이고 인간관계도 꽤나 서먹서먹했을 것이다. 미안한 마음으로 20년을 보내기보다는 미안한 마음의 대상으로 남아 있었던 것이 훨씬 더 편했다.

팔십 평생을 살면서 순간의 선택이 나머지 삶의 방향을 결정한 경우가 한두 번이 아니었다. 후회스러운 선택도 없지 않았지만 잘한 결정이라고 내심 감사한 경우가 더 많았는데 조교수를 선택한 그 결정도 그 가운데 하나였다. 조금 손해 보는 쪽이 훨씬 더 큰 이익을 가져올 수 있음을 잘 증명해 준 경우였다.

행복한 가정의 조건

지난 30년 동안 나와 아내의 생일을 한 번도 잊지 않고 축하 카드를 보내주는 네덜란드 친구 부부가 있다. 유학 시절에 사귄 사람들인데, 그 부인이 그렇게 세심하고 사랑이 많다. 두 딸과 아들 하나도 부모를 닮아서 하나같이 착실하고 몸과 마음이 건강하다.

그 가정에서 배울 점이 한두 가지가 아니지만, 특히 부러운 것은 남편과 아내가 서로를 끔찍이도 중요하게 생각하는 것이다. 부인의 안부 편지에는 30년 전이나 지금이나 남편 자랑을 결코 빼놓지 않는다. 남편이 하는 모든 일과 남편의 구석구석이 부인의 눈에는 너무 위대하고 그저 경이로워 벌린 입을 다물지 못하는 것 같은 인상을 준다. 친구인데도 좀 부럽고 샘이 날 정도다. '사실 그 친구, 그 부인이 생각하는 것처럼 그렇게 위대하지는 않은데 말이야!' 그리고 그동안 몇 번 기회가 있어 서로 반가이 만났는데, 그때마다 그 남편도 아내 자랑을 잊지 않았다. 사이가 좀 불안해서 의도적으로 칭찬해 주는 그런 부자연스러운 자랑이 아니라 진심에서 우러나온다는 것이 역력한 자랑이다.

나는 그들 외에도 그렇게 사이좋은 몇 쌍의 부부를 안다. 자기 부인이 임신을 하면 그 사실을 통고받기도 전에 입덧을 하는 남편을 알고 있고, 시간이 갈수록 오누이처럼 얼굴이 닮아가는 나이 지긋한 한 쌍도 안다. 그들은 환갑 나이인데도 산보를 할 때 꼭 손을 잡고 걷는다. 몸과 마음이 서로 영향을 끼친다는 것은 현대 의학이 발견한 사실이니, 마음이 하나 되면 얼굴도 닮는 것은 조금도 이상할 것이 없다. 그들 부부는 하나같이 행복하고 사랑이 넘쳐흘러 다른 사람들에게 사랑을 베푼다. 그들의 자녀들도 어릴 때부터 그 사랑의 홍수 속에서 자라났으니, 행복하고 원만한 사람들이 될 수밖에 없을 것이다.

사람들은 행복을 너무 거창한 데서 찾는 것 같다. 위대한 업적을 남기고, 수많은 사람으로부터 추앙을 받고, 수천억의 재산을 모으면 행복할 것이라고 생각하는 것 같다. 그러나 그런 것을 다 누리더라도 가정에서 불행하면 그 사람은 불행한 사람이다. 행복의 뿌리가 병들었기 때문이다.

생명의전화에서 일하는 분의 이야기를 들었다. 새벽 2시에 어떤 남자가 전화로 자기 가정 문제에 대해 하소연을 했는데, 마치 "지옥에서 사는 사람"같이 불행하다는 것을 느꼈다 한다. 그런데 자신의 신분을 밝히지는 않았으나, 그분은 분명히 그때 정부의 매우 중요한 자리에 앉아서 많은 사람의 부러움을 받는 사람이었다 한다. 겉은 번지르르한데 속은 병든 사람이었다.

나는 결혼 주례를 할 때마다 행복한 가정의 조건으로 성경이 가르치는 사랑을 제시한다. 성경에서는 부부가 '에로스'가 아니라 '아가페'로 사랑하라고 가르친다. 에로스와 아가페의 차이를 여러 가지로 정의할 수 있지만, 나는 에로스는 "사랑스럽기 때문에 사랑하는 것"이고, 아가페는 "사랑스럽지 않을 때도 사랑하는 것"이라고 설명한다. 아가페를 좀 극단적으로 표현한 것은 "원수를 사랑하라."라는 성경의 가르침이다. 아가페는 본래 사람을 향한 하나님의 사랑이나, 사람들도 서로를 아가페로 사랑해야 하고, 부부간에도 그러해야 한다고 성경은 가르치는 것이다.

오늘날 너무 많은 부부가 에로스를 참사랑으로 착각하고, 그것이 뭐 대단한 줄 알고 있다. 3류 영화나 소설, 유행가나 감상적인 시들이 에로스를 찬양하고 있기 때문인지도 모른다. 그러나 사랑스러운 것을 사랑하는 것이 뭐 그리 대단하며, 그런 사랑을 누군들 못 하겠는가? 사실 따져보면, 에로스는 철저히 이기적인 사랑이다. 사랑스러운 것을 사랑하는 것은 사랑하고 싶은 욕망의 충족에 불과하기 때문이다. 그리고 그것은 상대가 이미 가지고 있는 자격과 능력에 대한 사랑이기 때문에 소모적이다. 그 자격을 상실하면 사랑스럽지 않게 되고, 따라서 사랑은 끝나버리는 것이다. 아내의 미모나 성적 매력 때문에 아내를 사랑한다면, 아내가 늙었을 때 무엇이 남겠는가?

우리 표현에 '천생연분'이니 '궁합이 맞는'이니 하는 것들도 모두 에로스적인 사고방식에서 나온 것이라고 나는 생각한다. 서로가 자연적으로 사랑스럽게 보이고 존경스러워 보여 저절로 마음이 맞고 조화롭게 되어야 좋은 결혼인 것처럼 말하기 때문이다. 지나치게 자연주의적이고, 좀 더 서로를 사랑하고 상대에게 적응하려는 노력을 게을리하게 하는 숙명론이다. 그러나 처음부터 조화로운 결혼이 과연 몇이나 되겠는가?

참으로 부부의 관계를 아름답고 고귀하게 만드는 것은 아가페 사랑이다. 그것은 상대의 자격과 관계없이 능동적으로 사랑하는 것이고, 이유 없이 사랑하는 것이므로 창조적인 사랑이다. 그것은 사랑받는 사람이 이미 가지고 있는 능력과 자질에 대한 사랑이 아니므로 그것들이 변해도 계속될 수 있는 사랑이다. 오히려 사랑스러운 인격과 자질을 만들어내는 역동적이고 발전적인 사랑이라 할 수 있다. 연약한 인간인지라, 에로스를 전혀 무시할 수 없으나, 한번 약속하고 부부가 된 다음에는 감정, 이성, 의지 모두가 총동원된 아가페가 그 관계를 지배해야 한다. 그러므로 아가페는 의식적으로 노력하는 사랑이다. 앞에 소개한 행복한 부부들도 우연히 궁합이 맞아서 행복하게 된 사람들이 아닐 것이다. 처음에는 서로에 대해 불만도 있었을 것이고, 가끔 싸우기도 했을 것이다. 그러나 그렇게 살아가는 과정에서 서로 참고, 서로 적응하여 조화를 이룩해 놓았을 것이다. 몸을 그대로 내팽개쳐 놓으면 건강하게 될 수 없는 것과 마찬가지로, 가정도 그대로 내버려 두어서는 저절로 건전해지지 않는다. 몸을 가꾸듯, 나무를 키우듯 잘 가꾸어야 한다.

성경은 또한 "자기 아내를 사랑하는 자는 자기를 사랑하는 것"(「에베소서」 5:28)이라고 가르친다. 그것은 물론 남편을 사랑하는 것에도 해당된다. 어리석은 자는 자기만 사랑하므로 결국 자기도, 아내도 손해를 보고, 지혜로운 자는 서로서로 사랑하므로 결국 둘 다 덕을 본다는 말이다. 가정의 조화와 평화는 바로 이런 사랑에서 가능하고, 그런 가정은 모든 사람에게 행복의 샘터가 된다.

늙으니 좋은 것들

나도 죽기 싫고, 늙으면 죽으니까 늙기도 싫다. 그러나 전능자께서 "이팔청춘으로 되돌려 줄까?" 라고 물으신다면 선뜻 "예!" 하고 대답할 것 같지 않다. 그동안 경험한 것, 성취한 것, 즐겼던 것이 다 헌신짝 같지는 않고 사랑하는 가족과, 그동안 사귀었던 멋지고 좋은 사람들은 행복의 샘이었다. 거기다가 이제까지 살았던 것보다 더 아프고 슬플 수도 있는 삶을 다시 살 용기도 없고, 지금 누리는 늙음의 특권들을 포기하기도 싫다.

고대 그리스 철학자 피타고라스는 삶을 축제에 비유했다. 어떤 사람은 돈 벌러 오고 어떤 사람은 재주 자랑하러 오지만 가장 뛰어난 사람은 구경하러 온다고 했다. 그 구경꾼이 바로 철학자인데, 돈이나 인기 같은 것에는 관심이 없고 오직 거리를 두고 세상을 바라보는 사람이다. 그 '구경꾼(theates)'이라는 그리스 말에서 영어의 '이론(theory)'이란 단어가 유래했다 한다. 나는 이론적인 것으로 먹고사는 철학을 전공했지만 젊었을 때는 제대로 된 구경꾼이 아니었다. 성취, 인기, 명예 등에 초연하지 못했고 그러지 못하는 것에 대해서 자책하고 고민했다. "세상 사람들이 즐겁게 오고 가는 것은 모두 이익 때문이고, 세상 사람들이 어지럽게 오고 가는 것도 모두 이익 때문이다(天下熙熙 皆爲利來, 天下壤壤 皆爲利往)." [사마천(司馬遷)] 나도 피타고라스나 사마천이 조롱한 세상 사람 가운데 하나였고 항상 어지럽게 분주했다.

그런데 90세를 바라보게 되자 이젠 원하든 않든 구경꾼이 되고 말았다. 오랜 수양으로 성숙해진 게 아니라 나를 바쁘게 했던 그 어느 것도 이젠 할 수 없게 되고, 얻으려 했던 것들도 얻지 못할 뿐 아니라 얻으려 했던 것들도 별것 아니었음을 알았기 때문이다. 1965년 미국에서 유럽으로 갈 때 여객선을 탔는데 배 밖으로 한 발자국도 나갈 수 없는 것이 갑갑하기는커녕 8일 동안 그 어느 때보다 더 큰 평온을 즐겼던 것이 기억난다. 나는 지금 그와 비슷한 평온을 누린다.

우선 책임질 일이 적어서 좋다. 한창때는 대학 총장도 해보고 한꺼번에 스무 개 단체의 이사장으로 뛰기도 했다. 김원숙 화가는 허리가 90도로 꺾인 한 남자가 세 개의 봉우리를 가진 산을 등에 지고 가는 그림을 하나 그려 주면서 그게 바로 내 모습이라고 했다. 명예, 권한, 보람 등이 전혀 없진 않았지만 그 모든 것을 합쳐도 책임의 무거움을 보상하지 못했다. 우리 사회의 윤리, 인권, 교육, 환경 문제 등에 대해 한 지식인이요 기독교인이 가져야 할 의무감 때문에 그 짐들을 거절할 수 없었다. 그런데 이제 늙어버리니 그런 짐을 질 수도, 지라는 요구도 없고 져야 할 위치에 있지도 않으니 가책도 느끼지 않는다. 아주 홀가분하다. 텔레비전이나 신문에서 세상 돌아가는 것을 보아도 남의 일 같아서 "잘들 노네!" 하고 빈정거릴 뿐, 화도 크게 나지 않는다. "그래도 옛날보다는 낫지 않은가!"

모임에 결석해도 별로 미안하지 않아 좋다. 결혼식에 늙은이가 기웃거리는 것은 어울리지 않고 상가에 문상하려니 늙었는데도 살아 있는 것이 상주에게 미안하다. 아마 혼주나 상주 들도 노인이 식장이나 빈소에 어른거리는 것보다는 축의금이나 조의금을 간접적으로 보내주는 쪽을 더 선호할 것 같다. 다른 모임들에도 노인은 "와도 그만, 안 오면 더 편할" 존재다. 귀가 어두워 잘 알아듣지도 못하면서 괜히 엉뚱한 소리로 아까운 시간을 축내기보다는 아예 빠져주기를 더 바랄 것 같다.

높은 벼슬이나 명예도 남의 일이다. 젊었을 때는 감당할 수 없다고 느껴서 사양했지만 지금은 주지도 않을뿐더러 주어도 물론 감당할 수 없다. 그러니 바랄 이유도 없고 부럽지도 않다. 관중석에 편하게 앉아서 연극 보듯 바로 보기만 하면 된다. 물론 서로 싸우는 데 국민이 바친 세금을 써버리는 국회의원들이나 돈 많이 버는 의사들이 파업하는 것을 보면 '저래도 될까?' 걱정도 되지만 어차피 내가 살 세상도 아니고 고칠 수도 없으니 괜히 화낼 이유가 없다. 세상일, 교회 일에 핏대 올리는 늙은 친구를 보면 "이보게, 이제 우리 세상 아니야!" 하고 충고한다.

아직도 몇몇 단체의 위원장, 이사장, 명예 이사장, 고문 등의 이름을 갖고 있지만 간섭하거나 걱정해야 할 곳들은 피했으므로 큰 짐이 아니다. 다만 거기서 공익을 위해 선한 싸움을 싸우는 사람들에게 폐 끼치지 않으려면 욕먹을 짓만 안 하면 된다. 그런데 그게 생각만큼 어렵지 않다. 욕심이 없으면 욕먹을 일도 없으니까.

그리고 오래 살다 보니 그만큼 더 경험하고 깨닫는 것도 있고 그 가운데는 매우 소중한 것도 없지 않아 감사하다. 일찍 죽었더라면, 그리고 여기저기서 강연을 하거나 설교하는 기회가 없었더라면 미처 깨닫지 못했을 수도 있고 그 가치를 충분히 인식하지 못했을 수도 있다. 물론 항상 그랬지만 깨달은 만큼 실천하지 못하는 것이 안타까울 뿐이다.

물론 아직까지는 건강이 받쳐주고 가정이 평화로우며 좋은 친지들과 믿음직한 후배들이 주위에 많이 있으니 이런 소리도 할 수 있지 않나 한다. 그러나 노인 건강은 믿을 수 없으니 이런 특혜도 곧 끝나겠지. 큰 사랑은 베풀지 못하더라도 내 발로 화장실에 드나들 정도로 가족에게 짐이 되지 않고 남에게 폐 끼치지 않을 때까지만 살다가 아주 조용히 하늘나라에 갈 수 있으면 좋겠다.

많은 우물을 파서 건져 올린 '사랑과 정의'

87년을 살면서 무수한 우물을 팠지만 물이 콸콸 솟아오른 우물은 하나도 파지 못했다. 그래서 나는 가끔 "모든 것을 집적거렸지만 한 가지도 제대로 못하는 녀석"(Jack of all trades, master of none)이란 영어 관용구로 자조(自嘲)한다. 그런데 돌이켜 보면 내가 유난히 야심이 커서 많은 우물을 판 것 같지는 않다. 물론 어렸을 때는 이것도 해 보고 싶고 저것에서도 유명하게 되고 싶었던 것이 사실이지만 다른 친구들보다 더한 것 같지는 않다. 야심이 컸다면 오히려 한 분야에 크게 성취해서 유명하게 되었을지 모른다.

다만 지적 호기심이 좀 강했던 것이 사실이다. 워낙 외부 정보가 빈약했던 지역과 시기에 어린 시절을 보냈기 때문에 좀 더 듣고 읽고 알고 싶었다. 대학에서 전공을 영문학에서 영어학으로 바꾼 것, 신학 공부를 마치고 철학을 공부하기로 한 것도 지적 호기심 때문이었다. 그러나 영어학에서 신학으로 바꾼 것이나 철학 교수로 전공 분야에 매진하지 않고 시민운동, 복지 운동 등에 많은 시간을 보낸 것, 교회에서 설교하고 여러 곳에서 신앙과 관계된 강의를 한 것은 나의 야심이나 지적 호기심 때문이 아니라 사회와 기독교계에 대한 책임감과, 착한 사람들의 요청을 거절할 만큼 마음이 강하지 못했기 때문이었다.

박사 학위 논문을 쓸 때까지는 지적 호기심이 비교적 강했다. 문화적 배경이 전혀 다른 동양 학생이 감히 서양 철학의 태두라 할 수 있는 칸트, 논문을 쓸 때 유럽 철학계에서 가장 많이 논의되었던 후설, 영미 철학계의 우상이었던 비트겐슈타인에 대해서 학위 논문을 쓰겠다고 덤빈 것 자체가 그것을 반영했다. 반 퍼슨 지도 교수가 만류하지 않았더라면 비트겐슈타인까지 건드리다가 논문을 끝내지 못했거나 학위 취득이 몇 년 더 미뤄졌을 것이다. 어쨌든 "학문과 인격. 칸트와 후설에 있어서 엄밀한 학문으로서의 철학이란 이념에 대한 연구"(Science and Person. A Study on the Idea of Philosophy as Rigorous Science in Kant and Husserl)란 제목의 학위 논문은 일반 철학 서적으로 출판되어 독일과 벨기에 철학지의 서평도 받았고 세계 주요 대학 도서관들에 비치될 수도 있었다. 그 논문을 통하여 나의 관심은 '학문'에서 '인격'(person) 쪽으로 옮겨 갔고 인격은 칸트가 지적한 것처럼 "책임이 가능한" 존재로 이해했다. 인간의 책임에 관한 관심은 미국 신학자 니버(Reinhold Niebuhr)의 『도덕적 인간과 비도덕적 사회』란 책을 통하여 사회에 대한 관심으로 옮겨 갔다. 그 사회에 대한 관심은 장애인의 권익 운동으로 시작되었으며, 그것은 고통의 문제에 대한 학문적 관심으로 승화되어 『고통받는 인간』(1995)이란 책을 쓰게 되었다. 군 복무 시절에 경험한 우리 사회의 부패와, 학위 논문을 통하여 발견한 인격의 중요성은 그 이후의 내 삶에 중요한 변화를 가져왔다.

이제 삶 전체를 정리할 즈음에서 일생을 돌이켜 보니 큰물은 찾지 못했지만 사회에 큰 해는 끼치지 않았고 착한 사람들에게 고통을 가하지는 않았다고 단언한다. 적극적으로 사람들을 행복하게 하는 것에는 별로 공헌하지는 못했지만 소극적으로 지극히 조금이지만 사람들, 특히 약한 사람들의 고통을 줄이려고 조금 애썼다고 생각한다. 많은 시간과 정력을 바친 윤리 운동과 시민운동은 사람이 사람에 가하는 고통을 예방하기 위함이고 복지 활동은 고통의 감소를 목적으로 한 것이다.

모든 사람이 궁극적으로 바라는 것은 행복이며 모든 사람이 예외 없이 싫어하는 것은 고통이다. 엄청난 성취로 위대한 업적을 남긴 사람들은 대부분 행복한 사람들을 더 행복하게 만드는 데 공헌했고 그 때문에 사람들의 칭찬과 노벨상 같은 상을 받았다. 공리주의자 벤담은 사람을 행복하게 하는 것, 곧 "최대 다수의 최대 행복"에 공헌하는 행위가 윤리적이란 공리주의를 제시했다. 그런데 예수님은 행복한 사람들보다는 오히려 아픈 사람을 위하여 의사로 오셨고, 성경은 고아, 과부, 장애인 등 고통을 많이 받는 사람을 돕는 것이 정의며 사랑이라고 가르친다. 요즘 윤리학계에도 "최대 다수의 최대 행복"보다는 오히려 "최소수의 최소 고통"을 추구하는 것이 윤리적이란 소극적 공리주의(Negative Utilitarianism)가 관심을 끌고 있다.

자신의 잘못 때문에 고통을 당하는 사람이 없지는 않다. 그러나 대부분은 자신의 잘못과 무관하게, 심지어는 옳았는데도 고통을 당하고, 그것이 고통의 정도를 가중하고 그 때문에 세상사가 이렇게 복잡하게 되어간다. 그러므로 창조적(creative) 활동 못지않게, 오히려 이제는 치유적(curative) 활동이 더 중요하고 필요하다. 나는 성경이 가르치고 예수님이 모범을 보이신 아가페 사랑은 행복의 증대보다는 고통의 감소에 초점을 두고 있다고 이해한다. 미국의 기독교 잡지 《나그네(Sojourner)》에 따르면, 성경에는 "가난", "정의"를 언급하는 구절이 2000개가 넘는다 한다. 사랑스럽거나 가치가 있어서 하는 사랑도 좋고 아름답지만 그런 사랑은 누구나 할 수 있는 수동적이고 감정적인 반응이다. 그러나 아가페는 능동적인 의지와 희생이 요구되는 적극적인 사랑이고 거기에는 정의가 수반된다. 그러므로 신학자 다드(C. H. Dodd)가 지적한 것처럼 아가페는 "명령"된다. 연인, 돈, 명예 같은 것은 사랑하라고 명령할 필요가 없다. 그러나 성경은 고아, 과부, 나그네를 돌보라고 명령한다.

짐승은 사랑할 수 없으므로 사랑하라고 명령해도 소용이 없다. 약육강식 외에 다른 삶의 방식이 없기 때문이다. 인간의 인간다움은 짐승과 다르게 사는 데 있다. 19세기 영국 소설가 엘리엇(George Eliot)이 지적한 것처럼 "서로의 삶을 좀 덜 어렵게 하는 것이 아니라면 우리는 무엇을 위해서 사는가?"

모든 사람의 삶을 좀 덜 어렵게 만들어야 하지만 그 가운데서도 가장 약한 사람의 삶을 덜 어렵게 만드는 것이 사람을 약육강식의 법칙에 따라 행동하는 짐승과 다르게 만드는 가장 중요한 특징이 아닌가 한다. 그리고 현대 사회에서 고통을 당하는 사람들 대부분은 경쟁에서 패배한 사람들이므로 그들의 삶을 조금이라도 덜 어렵도록 돕는 것이 정의를 실현하는 가장 구체적인 방법이다. 그러므로 아가페 사랑과 정의는 동일하다.

사랑의 고귀함을 깨달을 수 있을 만큼 오래 산 것에 감사한다. 그리고 그 깨달음에 기초해서 직간접으로 고통받는 사람들의 고통을 줄이려고 조금이라도 노력할 수 있게 된 것에 대해서 감사한다. 그동안 관계했던 윤리 운동, 복지 운동, 시민운동, 환경 운동, 계몽 운동 그리고 이런저런 기부와 봉사 등은 모두 약한 사람들의 고통 감소, 즉 성경이 가르치는 정의와 사랑을 위한 것이라고 자위(自慰)하고 싶다.

부록 기부의 윤리적 함의

– 소극적 공리주의와 피해자 중심의 윤리

최근 나는 재산 일부를 아프리카 등 가난한 나라 장애인들의 권익을 위해서 사용하라고 한 복지 기관에 기부했고, 그것이 신문, 방송 등을 통해서 조금 알려졌다. 나보다 훨씬 많은 액수를 기부한 분들도 그 사실을 숨기는데 나는 나팔을 분 것이다. "오른손이 하는 것을 왼손이 모르게 하라."라는 성경의 가르침도, 작은 선행을 크게 자랑하는 것은 미숙한 인격이나 하는 유치한 짓임도 나는 잘 알고 있다. 그런데도 기부 사실을 알리고 (청탁을 받아) 이 글을 쓰는 것은 그렇게 하는 것이 기부의 목적에 부합한다고 믿기 때문이다. 나는 기부의 초점은 기부자에게가 아니라 기부의 혜택을 받는 쪽에 있어야 한다고 주장한다. 나의 기부 때문에 한 사람이라도 더 가난한 장애인들에게 관심을 갖게 되고, 그들을 위해서 조금이라도 기부하기를 바라는 것이다. 지난 11년간 나는 '나눔국민운동본부' 이사장으로 활동하면서 우리 사회의 기부 문화 확산을 위해 시민운동을 펼쳐왔다. 이번 기부, 나팔, 그리고 이 글도 모두 그 운동의 일환이다.

1. 소극적 공리주의

"자연은 인류를 고통과 쾌락이란 두 절대적인 주권자의 통치하에 두었다. 그들만이 우리가 무엇을 해야 하는가를 지적하며, 무엇을 할 것인가를 결정할 수 있다." 공리주의 철학자 벤담(J. Bentham)의 주장이다. "사람이 행복을 추구하고 고통을 회피한다는 사실에는 증명이 필요하지 않다. 우리가 바로 느낀다." 파스칼(B. Pascal)의 지적이다.

쾌락과 고통은 논리적 추론이나 다른 경험의 원인이기 때문에 추구하거나 회피하는 것이 아니라, 그 자체가 좋아서 추구하고 그 자체가 싫어서 회피하는 것이다. 다른 경험은 직접 혹은 간접으로 쾌락을 가져다주기 때문에 추구하고 고통을 가져다주기 때문에 회피하지만, 쾌락과 고통은 그 자체 외에 다른 어떤 이유가 있어서 추구하거나 회피하지 않는다. 말하자면 다른 무엇의 수단이나 이유가 아니라, 그 자체가 최후의 목적, 혹은 근본적인 원인이란 것이다.

그런데 벤담은 그 두 주권자 가운데 쾌락에 더 무게를 두었다. 최대 행복에 집중했을 뿐 최소 고통에는 상대적으로 무관심했다. 쾌락과 고통은 정도의 차이만 있을 뿐 동질 경험의 양면으로 보았기 때문이다. 즉 행복의 증가는 곧 고통의 감소며, 고통의 증가는 행복의 감소로 본 것이다.

그러나 그것이 반드시 그렇지 않다는 것을 지적한 사람은 포퍼(K. Popper)였다. 그는 윤리적 관점에서 보면 고통과 행복은 대칭적(symmetrical)이지 않고 행복의 감소를 곧 고통의 증가로만 볼 수 없다고 주장했다. 고통은 그것을 줄이거나 제거해 달라는 절박한 호소를 함축하지만, 행복에는 그런 절박한 요구가 없다. 따라서 고통을 당하는 사람에 대해서는 다른 사람들이 그것을 제거하거나 감소시키며 그 이상 고통을 가하지 말아야 한다는 윤리적 의무감을 갖게 되지만, 행복한 사람에게는 그의 행복을 증대하거나 지속시켜야 한다는 의무를 갖지 않아도 된다. 스마트(R. N. Smart)는 포퍼의 그런 관점을 '소극적 공리주의(Negative Utilitarianism)'라 부르고, 그런 이론은 절대 권력자가 전 인류를 한꺼번에 몰살하는 것을 윤리적 의무라고 느끼게 만들 것이라고 비판했다. 세상을 논리 게임 바둑판으로 보는 데서 가능한 그런 궤변적 비판에도 불구하고 포퍼의 주장에 대체로 동의하면서 좀 더 세련된 변형을 가한 소극적 공리주의 이론들이 다양하게 제시되었다. 그 가운데 '소극적 우선주의(Negative Prioritarianism)'나 '소극적 결과론적 평등주의(Negative Consequentialist Egalitarianism)'가 있는데, 행복보다 고통에 더 무게를 두되, 특히 가장 큰 고통을 겪는 사람들의 고통을 줄이는 것에 우선순위를 두는 것이다. 나는 이들 주장에 동의한다.

물론 행복도 우리로 하여금 무엇을 해야 하며 무엇을 할 것인가를 결정하는 데 작용하는 것은 부인할 수 없다. 그러나 그 성격과 정도는 고통과 같지 않다. 모두가 행복을 추구하지만, 그 절박성과 심각함은 고통의 회피와는 비교가 되지 않는다. "고통은 죽음보다 더 무서운 인류의 적"이라고 슈바이처가 지적했는데, 자살과 안락사가 일어나며 중요한 사회 문제가 되고 있는 것을 보면 극심한 고통은 죽음보다 더 피하고 싶은 것임을 알 수 있다. 물론 더 큰 쾌락을 위하여 작은 고통을 감수할 수는 있다. 그러나 대부분의 사람들은 맛있게 먹기보다는 우선 주린 배를 채우려 한다.

사실 모든 인간에게 '문제'가 되는 것(what matters)은 행복이 아니라 고통이다. 즐거운 것은 '문제'가 되지 않지만, 괴롭[苦]고 아픈 것[痛]이 문젯거리다. 고통은 모든 부정적인 것을 대변한다. 고통이 부정적이기보다는 고통을 통해서 사람은 부정적인 것을 경험적으로 인식한다. 논리적 부정, 수학의 마이너스같이 형식적인 부정을 제외하고는 모든 부정적인 것은 직간접으로 고통의 경험과 연결되어 있다. 즉 고통이 모든 부정적인 것의 뿌리란 것이다. 나는 『고통받는 인간』이란 책에서 고통의 이런 의미를 상세히 다루었다.

고통이 행복보다 더 큰 문젯거리인데도 불구하고 그동안 철학이 고통보다 행복에 더 많은 관심을 기울인 것은 아마도 고대 그리스 사상의 정신-물질 이원론에서 비롯된 것이 아닌가 한다. 물질은 수동적이고, 악이며, 열등하고, 한시적이라고 보고, 고통은 수동적인 감정이므로 물질 쪽에 속한 것으로 분류한 것이다. 헤겔이 그리스 사상을 "고통을 당하는 자는 영원할 수 없다."란 것으로 요약한 것에서도 그것을 엿볼 수 있다. 스토익 철학이 장려했던 아파테이아(apatheia)에서 고통은 무시하거나 극복해야 했던 파토스(pathos) 가운데 하나였다. 불교, 기독교 신학, 그리고 종교적인 배경을 가졌던 철학자 셸러(M. Scheler—가톨릭)나 레비나스(E. Levinas) 등의 철학자들이 고통의 문제를 심각하게 다룬 것과 좋은 대조가 된다.

2. 고통과 피해자 중심의 윤리

인류는 그동안 고통을 줄이거나 제거하기 위해서 줄기차게 노력해 왔고, 오늘 우리가 누리는 문화의 상당 부분은 그런 노력의 결과다. 배고프지 않았다면 농업이나 목축업이 발달하지 않았을 것이고, 먼 거리를 걷는 것이 괴롭지 않았다면 자동차는 발명되지 않았을 것이다. 기술과 과학 기술의 대부분은 고통을 줄이거나 제거하기 위해서 개발되었다. 적어도 육체적인 고통을 줄이거나 제거하는 것에 관한 한 인류는 상당할 정도로 성공했다. 지난 20년간 전 세계의 절대 빈곤 인구는 전체 인구의 3분의 1에서 10분의 1로 줄었다. 굶주림 못지않게 질병도 많이 퇴치되거나 고칠 수 있게 되었다. 칸트가 말하는 자연적인 악(Übel-malum physicum)은 많이 줄어든 것이 사실이다.

그런데도 고통은 아직도 많이 남아 있고, 극심한 고통을 겪는 사람들은 도처에 산재하며, 어떤 지역에서는 특별히 심각하다. 그런데 과거와 비교해서 달라진 것은 인간이 당하는 고통의 대부분은 자연이 아니라 사회 혹은 다른 사람들에 의해서 가해진다는 사실이다. 루이스(C. H. Lewis)는 인간이 당하는 고통의 5분의 4는 다른 사람에 의하여 가해진다고 했다. 즉 칸트가 말한 도덕적인 악(Böse-malum morale)은 줄어들지 않았을 뿐 아니라, 오히려 늘어난 것이 아닌가 한다. 심지어 암 같은 생물학적 현상조차도 인간관계에서 오는 스트레스나 인간이 일으킨 환경 오염 때문에 주로 생긴다고 한다. 즉 현대인이 당하는 고통은 천재가 아니라 대부분 인재란 것이다.

사회학자 벨(Daniel Bell)이 지적한 것처럼 인류 역사의 대부분에서 인간에게 현실은 자연이었다. 그러나 지금은 인간 사회가 가장 중요한 현실이 되고 있다. 인간의 생존과 행복 못지않게 인간이 당하는 고통에도 사회와 다른 사람들이 결정적이다. 바로 모든 사람이 싫어하는 고통이 주로 사회와 다른 사람에 의하여 가해진다는 사실이 윤리적 문제를 제기한다. 자연이 가하는 고통과 달리 사람이 가하는 고통에는 의지가 작용하기 때문이다. 따라서 현대 사회에서 고통당하는 사람들 상당수는 비윤리적 행위의 피해자들이다. 사람을 행복하게 돕는 것은 '잉여선(剩餘善)'으로, '추천할 만한' 사항이지만 고통을 가하지 않거나 줄여야 한다는 요구는 모두가 '마땅히' 지켜야 할 '의무'로 다가온다. "문명사회의 어떤 구성원에게 그의 의지에 반해서 정당하게 권력이 행사될 수 있는 유일한 목적은 다른 사람에 대한 가해를 막는 것"이라고 주장한 밀(J. S. Mill)의 "위해성의 원칙(Harm Principle)"도 그런 사실을 말해준다. 다른 사람을 행복하게 하라고 공권력을 동원할 수 없고,

행복하게 하지 않는다 해서 처벌하거나 비윤리적이라고 비방할 수는 없다. 그러나 다른 사람에게 고통을 가하거나, 다른 사람의 고통을 줄이거나 막을 수 있는데도 불구하고 그렇게 하지 않는 것에 대해서는 법적인 제재를 가하거나 비윤리적이라고 비난할 수 있다.

이제까지 동서를 막론하고 윤리는 주로 행위자 중심으로 이해되어 왔다. 소크라테스의 "어떻게 살아야 할 것인가?", 칸트의 "나는 어떻게 행동해야 하는가?"뿐만 아이라, 유교의 인의예지(仁義禮智), 삼강오륜(三綱五倫)도 모두 행위자 자신에게 관심이 집중되어 있다. 즉 행위자 자신이 어떻게 행동해야 하며, 어떤 덕목을 키워야 하는가에 초점이 놓여 있다. 그것은 사람이 당하는 고통을 자신의 문제로만 인식해 온 것과 무관하지 않다. 고통을 뜻하는 영어 단어 pain은 벌(罰)을 뜻하는 라틴어 poena에서 유래했다 한다. 자신이 잘못해서 고통을 당한다는 것이다.

물론 자신의 잘못 때문에 고통을 당할 수 있다. 그러나 지금은 고통의 대부분을 '다른 사람'이 가한다. 즉 고통은 주로 수동적으로 '당하는' 것이다. 그러므로 이제는 내가 착한 사람이 되는 것이 중요한 것이 아니라, 다른 사람에게 해가 되지 않게 행동하는 것이 중요하고 요구된다. 물론 내가 착해야 다른 사람에게 해를 가하지 않을 것이므로 그게 그거라고 할 수 있지만, 윤리적 행위의 목적이 '내가' 착한 사람이 되는 것이 아니라 '다른 사람'이 부당하게 고통을 당하지 않는 것에 있어야 한다는 것이다. 즉 현대 사회에 필요한 윤리는 주체 중심이 아니라 타자 중심이라야 하고, 나아가서 피해자 중심이라야 한다는 것이다. 윤리적 행위란 직접 혹은 간접으로 타자에게 해가 되지 않도록 행동하는 것이고, 피해자가 생기지 않도록 하는 것이다.

3. 작위(作爲)와 부작위(不作爲)

타자에게 고통을 가하지 않는 것이 중요하므로 윤리는 원칙적으로 소극적이다. 행복하게 "하라"기보다는 고통을 가하지 "말라"가 핵심이다. 성경에 기록된 십계명은 대부분 "… 하지 말라"의 형식으로 되어 있다. 금지되는 것은 살인, 간음, 절도, 위증, 탐심 등 다른 사람에게 고통을 가하는 것들이다. 계명을 철저히 지킨 바리새인들이 예수님의 심한 질책을 받은 것은 그들이 '이웃'을 해하지 말라는 계명의 목적인 '사랑'은 무시하고 계명을 잘 지키는 '자신'들의 '의로움'에 집중했기 때문이었다. 즉 타자의 권리보다는 자신의 의로움에 관심을 집중한 것이다.

타자에게 고통을 가하지 말아야 한다는 윤리적 당위는 주로 소극적이지만, 소극적인 의미를 가진 적극적인 행위도 가능하다. 고통을 가하지 말아야 한다는 당위와 더불어 고통을 줄이거나 제거하는 적극적인 행위도 필요하기 때문이다. 능력과 기회만 있다면 굶주리는 사람은 먹여야 하고 병든 사람은 고쳐주어야 하는 것이다. 악행의 작위(作爲, commission) 못지않게 선행의 부작위(不作爲, ommission)도 비윤리적이다. 프랑스, 캐나다, 중국 같은 나라들에는 '선한 사마리아인 법'이란 별명을 가진 법이 제정되어 있다. 재난을 당한 사람을 구조할 수 있는 능력과 기회가 있는데도 불구하고 구조하지 않으면 처벌되는 것이다. 한국과 미국 등에는 그런 법은 존재하지 않지만, 그런 부작위는 비윤리적이란 비난을 받는다. 즉 고통을 가하는 것만이 비윤리적인 것이 아니라, 능력과 기회가 있는데도 불구하고 다른 사람의 고통을 줄이거나 제거하지 않는 것도 비윤리적이란 것이다.

현대 사회는 철저히 유기적으로 조직되어 있다. 아무도 혼자서 자신의 생존과 생활에 필요한 환경과 자원을 다 확보할 수 없다. 그러므로 유리한 환경과 자원으로 여유를 누리는 사람이나, 그것들이 부족해서 고통을 겪는 사람은 모두 직접 혹은 간접으로 다른 사람들의 덕을 보거나 다른 사람의 착취를 당한다. 그러므로 현대 사회에서는 엄격한 의미에서 아무도 절대적으로 공정할 수 없다. 요즘은 심지어 개인의 능력조차도 부모의 'SES(사회 경제적 지위)'에 따라 결정된다는 주장이 설득력을 얻고 있다. 법적인 권리가 반드시 윤리적인 권한이라고 주장하기는 어렵다.

어려운 사람을 돕는 복지적 기부는 그런 점에서 윤리적인 함의를 가진다. 물론 장학이나 연구를 위한 기부도 간접적으로 복지적인 기능을 가지고 있다. 어쨌든 자신과 가족이 생존할 수 있고 정상적이고 창조적으로 생활하는 데 필요한 정도를 초과한 기회와 자원을 쾌락에 낭비해 버리고 다른 사람의 극심한 고통을 줄이거나 제거하는 것을 돕지 않으면 윤리적으로 부작위를 범하는 것으로 간주될 수 있다. 엄격한 의미에서 현대 사회에서는 그런 환경과 자원이 전적으로 자신의 노력과 능력의 대가가 아닌데도 불구하고, 그리고 그 잉여 자원으로 많은 사람의 고통을 줄여줄 수 있는데도 불구하고, 그것을 오직 자신의 쾌락을 위하여 낭비하는 것은 윤리적이라고 할 수 없다. 일반적으로 쾌락을 위해서 낭비되는 자원은 기본수요의 충족이나 고통을 축소하는 데 필요한 비용에 비해서 압도적으로 많다. 한두 사람의 사치스러운 고급 요리에 드는 비용으로 수많은 사람의 주린 배를 채울 수 있는 것이다. 그러므로 올바로 제공된 기부는 주어진 자원을 효율적으로 이용하는 방법이기도 하다. 거기다가 쓰고 남는 것을 기부하기보다는 좀 아껴서 기부하면 자원 이용은 더 효율적이 되고 기부의 윤리성은 더 커질 것이다. 모든 기부에는 어느 정도의 희생이 동반되지만, 그 희생의 정도가 크면 클수록 더 윤리적이라 할 수 있다.

물론, 공적 복지 제도를 통하여 개인들이 가진 잉여 자원이 고통받는 약자를 위해서 효과적으로 이용된다면 자발적인 기부는 필수적이지도 않고 그렇게 중요하지도 않다. 공공복지가 잘 갖추어져 있지 않은 미국 같은 나라에서는 기부가 복지의 중요한 기능을 감당하지만, 공공복지가 잘 갖추어져 있는 스웨덴, 노르웨이, 핀란드 같은 나라는 납세 지수가 높은 반면에 기부문화는 별로 활성화되어 있지 않다. 그러나 대부분의 나라에는 기부가 필요 없을 만큼 공공복지가 갖추어져 있지도 않고 공공 복지를 대체할 만큼 기부 문화가 활성화되어 있지도 않다. 특히 아프리카 빈국들의 장애인들이 당하는 고통은 대단히 심각하고 억울하다. 그들은 대부분 영양 결핍, 안전시설 미흡, 조기 치료 실기 등으로 장애인이 되고, 장애 때문에 더 가난해지는 악순환의 피해자들이다. 그런데 그 사회가 가난하고 의료 수준이 뒤떨어진 것, 안전시설이 갖추어져 있지 않은 것 등은 그들의 책임이 아니다. 식민지 지배, 사회적 부패, 불공정한 국제 경쟁 등이 원인이고 장애인들은 그 피해자들이다. 그런 지역에서 극심한 고통을 겪고 있는 사람들을 부요한 지역의 여유가 있는 사람들이 기부로 돕는 것도 하나의 윤리적 의무라고 할 수 있다. 부요한 국가의 여유가 반드시 공정한 보상이라 할 수 없다. 그들이 누리는 사치를 조금만 줄여서 가난한 장애인의 고통을 크게 줄이는 것이 대단한 시혜라 할 수 없다. 한국의 커피 한 잔 값이면 아프리카 장애인의 고통을 크게 감소시킬 수 있다.

4. 합리적 이기주의

롤스가 제안한 '무지의 베일'이란 사고 실험은 정의에도 이기적 요소가 있음을 함축한다. 무지의 베일 바깥으로 나가면 자신이 어떤 처지에 놓일지 모르는 상황에서 개인들이 선택할 수 있는 최선의 대안은 평등의 원칙과 차등의 원칙이 작용하는 정의로운 상태일 것이라고 본 것이다. 자신의 안전을 고려해서 선택하는 최선의 대안이 정의이기 때문에 정의에도 자신의 이익을 고려하는 이기주의적 요소가 있는 것이다. 우리의 구체적인 현실에서도 비슷하다. 비록 지금은 우리가 안정과 행복을 누리고 있지만, 앞으로 세상이 어떻게 변하고 우리가 어떤 곤경에 처할지는 정확하게 알 수 없다. 그럴 때 우리가 바랄 수 있는 최선의 상황은 아무도 다른 사람에게 고통을 가하지 않고, 여유 있는 사람들이 고통당하는 이웃들을 돕는 것일 것이다. 정의로운 사회를 만드는 것은 일종의 사회적 보험 제도를 두는 것과 비슷하다. 우리가 보험에 드는 것에는 이기적인 요소가 들어 있다. 따라서 기부도 단순히 고통받는 사람들을 위해 선한 의지로 하는 시혜이거나 양심의 요구에 의한 윤리적 의무의 수행만은 아니다. 모든 윤리적 행위와 마찬가지로 기부에도 일종의 이기주의가 함축되어 있다. 근시안적이고 비도덕적인 이기주의가 아니라, 일종의 '합리적 이기주의'가 작용하는 것이다.(Ayn Rand가 제창하는 '합리적 이기주의'는 자기중심적 이기주의이므로 여기서 말하는 합리적 이기주의와는 거리가 멀다).

사실 공리주의를 포함한 모든 윤리적 결과주의(consequentialism)는 어떤 행위를 하는 것은 그것이 그 자체로 '옳기(right)' 때문이 아니라 그 결과가 '좋기(good)' 때문이라고 주장한다. 그런데 공리주의는 그 좋은 결과의 수혜자 가운데는 행위자 자신과 자신이 사랑하는 사람, 그리고 자신의 후손들도 포함된다. 최대 행복을 누리는 최대 다수에는 행위자 자신과 자신이 사랑하는 사람들도 포함되고, 최소 고통을 겪는 최소수에는 행위자 자신이나 사랑하는 사람들은 제외되며, 포함되더라도 도움을 받을 확률이 높아지면 윤리적으로 행동할 자극을 받을 것이다. 자신의 행복이나 자신의 고통과는 전혀 관계없는 최대 행복이나 최소 고통을 위해서 행동하라고 요구하는 것은 윤리 이론이 아니라, 희생을 요구하는 종교적 교리일 것이다.

그런 점에서 기부도 일종의 사회 보험이라 할 수 있다. 여유가 있을 때 고통받는 사람들을 도우면 자신이나 자신이 사랑하는 사람들이 곤경에 처했을 때 도움을 받을 확률이 높아질 수 있기 때문이다. 사회의 의식 수준에 따라서 그런 보상의 확률이 달라지겠지만, 한 사람이라도 더 기부에 참여하면 기부의 혜택을 받을 확률은 그만큼 더 높아질 것이다. 그리고 기부든 자원봉사든 고통받는 사람에 관심을 쓰는 사회는 그러지 않는 사회보다 훨씬 더 평화롭고 살맛 나는 세상일 것이고, 그런 곳에 사는 것은 자신을 포함한 모두에게 이익이 될 것은 자명하다.

최근 미국의 하버드대학, 국립보건원(NIH), 캐나다의 브리티시컬럼비아대학(UBC), 영국 BBC 등의 조사에 의하면, 기부나 봉사 활동은 당사자의 행복감 증진과 건강 유지에 크게 기여한다고 한다. 고통받는 다른 사람을 돕는 측은지심(惻隱之心)

이 인간의 본성이기 때문에 본성에 맞는 행위가 행복감을 주는 것이 아닌가 한다.

그리고 사용되는 자원의 가치가 높아질수록 그 자원을 얻기 위해 투여된 노동의 가치도 그만큼 높아진다. 사람의 삶에서 가장 중요한 시간을 노동에 투여한다면, 그 대가가 가치 있게 사용되는 것은 삶의 가치를 그만큼 높이는 것이고 그만큼 보람 있게 하는 것이라 할 수 있다. 어쨌든 기부는 결코 손해만 보고 희생만 하는 것이 아님은 분명하다.

*** 바로잡습니다.**

본문 「아내 자랑, '고맙지 뭐!'」의 내용 중 222~223쪽에 언급된 밀알복지법인은 국제기아대책기구의 오기입니다. 또한 이 기구에서 원조한 지역은 말라위가 아닌 다른 지역입니다.